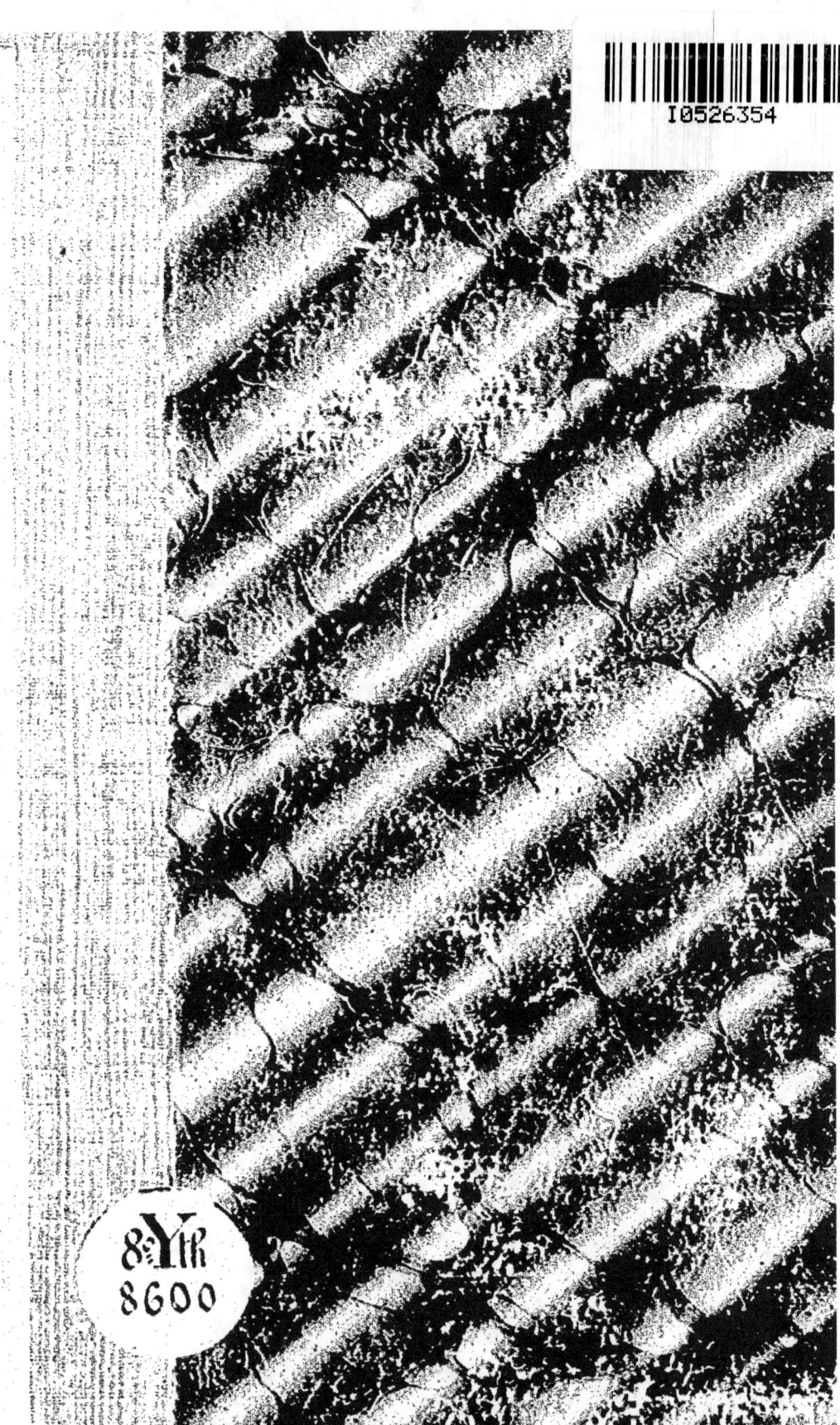

# L'HOMME-D'ÉTAT

## IMAGINAIRE.

# L'HOMME-D'ETAT

## IMAGINAIRE,

### COMÉDIE

En cinq Actes, en Vers;

Par M. le Chevalier de C * * *, des
Académies de Lyon, Dijon, Rouen,
Marſeille, Heſſe-Caſſel, &c.

---

Des hommes qui ne peuvent pas mettre de l'ordre dans une
ſeule phraſe, s'imaginent qu'ils ſont nés pour mettre l'ordre
dans un Royaume.

*Cerutti, Lettre à Madame de ***.*

---

Prix 1 liv. 16 ſ.

---

A PARIS,

Chez VOLLAND, Libraire, Quai des
Auguſtins No. 25.

---

1789.

# PRÉFACE.

Il en faut toujours revenir au bon La Fontaine. La Fontaine donc avoit fait une Fable ; je ne fais plus laquelle : je crois bien pourtant que c'étoit celle des *deux Pigeons*. La Fontaine confultoit ; mais il n'en faifoit qu'à fa tête : il confultoit pour voir fi on avoit plus de raifon que lui ; & comme la plupart des avis qu'on lui donnoit ne valoient rien, il fuivoit toujours le fien propre. La Fontaine avoit quelquefois beaucoup d'efprit, quoiqu'il pafsât pour une bête.

A peine il a fini fa Fable, qu'il va la montrer féparément, à trois de fes amis, qui tous trois, féparément, s'accordent à la trouver charmante. Cependant, comme il faut toujours un peu critiquer, ne fût-ce que pour prouver qu'on s'y connoît, le

a

premier blâme le commencement de la Fable & conseille de le retrancher : le second n'aime pas le milieu, & voudroit qu'on y substituât autre chose ; & le troisième désapprouve la fin, assurant qu'elle dépare considérablement l'Ouvrage. Le bon La Fontaine répond modestement à chacun, qu'il profitera de son avis. Il retourne chez lui, *en prenant le plus long*, selon sa coutume ; & les trois amis d'admirer sa docilité. Mais le bon-homme avoit du caractère malgré sa modestie : il relit sa Fable chemin faisant ; il la trouve bien telle qu'elle est, & l'envoie telle qu'est à l'Imprimeur, sans y retrancher, ni changer une syllabe.

Eh bien ! Messieurs les gens de goût, si La Fontaine s'étoit laissé dominer par le goût de ses trois amis, vous n'auriez point la Fable des *deux Pigeons*, & vous en seriez fâchés, sans doute. Moi, qui vous parle, je le serois bien davantage. Je suis aussi paresseux que La Fontaine : c'est le seul point qui me rapproche de lui ; &

quand les chofes font bien, j'aime, je vous l'avoue, à les laiffer comme elles font. Je ne penfe pas que tout foit bien dans le Royaume; il y a sûrement des abus, qu'il faudroit réformer, tels que ceux des Lettres-de-cacher, des évocations au Confeil, de la défenfe d'imprimer ce qui eft utile, & mille autres que je vous citerois, fi j'étois un homme-d'Etat. Ces abus crient vengeance : ils révoltent la raifon, l'humanité & la juftice; mais je crains bien, Meffieurs les modernes Légiflateurs, qu'en voulant chacun féparément changer ou fúpprimer, non pas ces abus, qui méritent vraiment qu'on les fupprime, mais d'autres prétendus abus qui vous choquent, je crains bien que vous n'imitiez les amis du bon La Fontaine, & qu'à force de tourmenter l'édifice du Gouvernement, il ne refte plus d'édifice.

Je ne dis pas que vous n'ayiez point fait de bonnes chofes : quelques-uns de vous en ont fait, & beaucoup. J'ai lu mon ami

d'Entraigues (1), mon ami Cerutti (2), mon
ami de la Croix(3), mon ami de Kerfaint (4),
mon ami Target (5), mon ami de Touftain-
Richebourg (6), mon ami Rabaut de Saint-
Etienne (7), mon ami de Boiffi d'Anglas (8).
Je les appelle mes amis, parce que ceux
qui écrivent pour me rendre plus heureux,
font mes amis, & que je crois avoir le
droit de leur donner ce nom.

---

(1) Auteur d'un Mémoire fur la convocation des Etats-
Généraux.

(2) Auteur du Mémoire pour le Peuple François.

(3) Auteur d'un Mémoire fur les Etats-Généraux.

(4) Auteur du Bon-Sens.

(5) Auteur de plufieurs Ouvrages fur les Etats-Généraux.

(6) Auteur de l'Eclairciffement à l'amiable de l'Ecrit *aux*
*François, par un ami des trois Ordres*, de la Lettre au Tiers-
Etat de Bretagne, &c. de la confervation de    'e Ordres,
& de la deftruction de leur rivalité, &c.

(7) Auteur de la Lettre d'un Propriétaire foncier.

(8) Auteur d'un Ouvrage où il cherche à donner une nouvelle forme aux Etats de Languedoc.

Or donc, mes chers amis, (c'eſt à vous maintenant que je parle) je vous ai lus & relus. Vous êtes éloquens, mes chers amis; vous avez des idées profondes, ſouvent exprimées avec force, quelquefois avec grace, & preſque toujours avec clarté; mais vous n'êtes pas toujours infiniment d'accord dans vos principes; & la différence de vos ſyſtêmes apporteroit, je crois, beaucoup d'obſtacles à l'exécution de vos projets. Les ſpéculations de l'un, nuiſent à celles de l'autre; celui-ci veut blanc, celui-là veut noir; & je voudrois bien, moi, qu'ayant tous d'excellentes intentions, vous procédaſſiez par les mêmes moyens, & que votre théorie fût auſſi générale que vos vues particulières ſont lumineuſes. Je ſuis enchanté quand je vous vois porter chacun à la main une pierre, pour reconſtruire l'édifice national; mais celui-ci en fournit une ronde, & l'autre en a choiſi une quarrée; celle du troiſième eſt triangulaire; celle du quatrième, octogone, &c..... Ce n'eſt pas ainſi que bâtiſſoient les

Romains : leurs matériaux n'avoient rien de
disparate ; auſſi leurs maiſons étoient-elles
ſolides. Tenez, il me ſemble que mon ami
Necker, auſſi zélé & auſſi éclairé que vous
tous, taille en ce moment la pierre angu-
laire, & que c'eſt à lui, plus qu'à tout autre,
qu'eſt réſervé l'honneur de la poſer.

Il eſt d'autres Ecrivains, mes bons amis,
( & ceux-là ne ſont pas mes amis) il eſt,
dis-je, d'autres Ecrivains, qui, emportés
ou prévenus, ont rempli la France de pamphlets incendiaires, & qui, au lieu de réformer, finiroient par tout détruire, ſi on
avoit la bonté de les croire. On en voit
dans le Tiers-Etat qui ne veulent point de
Nobleſſe : il en eſt parmi la Nobleſſe qui
comptent pour rien le Tiers Etat ; & d'autres, qui ne ſont ni nobles, ni roturiers,
mais réellement fous, qui conſeillent bra-
vement, du haut de leur grenier, de ſe
paſſer de Monarque. Que prétendent-ils
donc, mes chers amis ? Faire abſolument
comme les trois Juges du bon La Fontaine,

dépecer les deux Pigeons, & peut-être fe
les partager. Rien n'eft plus commode, fans
doute ; mais qu'eft-il réfulté jufqu'à ce moment de leurs efforts ? beaucoup de décla-
mations, prétendues partiotiques ; beaucoup
d'amplifications de Collége, & rien, hélas!
d'auffi parfait que la Fable des *deux Pigeons.*
Les pauvres gens! qu'on feroit infenfé de
les croire! Ils ne veulent ni Roi, ni Tiers-
Etat, ni Nobleffe : mais que refteroit-il en
France, s'il n'y avoit ni Nobleffe, ni Roi,
ni Tiers-Etat ?

Pour moi, mes chers amis, je ne fuis
point de l'avis des ces Maniaques, mais du
vôtre. J'aime le Tiers-Etat, la Nobleffe,
& j'adore le Roi : oui, je l'adore ; j'entends
celui que nous avons, car nous en avons
eu qui ne lui reffembloient guères : nous
en avons eu, vous le favez, qui mettoient
des taxes énormes fur leur Peuple, fans
confulter le Peuple ; d'autres qui coupoient
la tête à un homme, comme on tord le
col à un poulet, & d'autres qui ordonnoient

une Saint-Barthelemi comme on fait les préparatifs d'une fête. J'avoue que ces Monarques barbares ne difent rien à mon cœur : j'avoue que je les détefte, & qu'on auroit bien fait de leur tordre le col à eux-mêmes, fi on l'avoit pu, & fi la perfonne de nos Rois n'étoit pas toujours facrée.

Quant à celui qui nous gouverne, il a aboli dans fes Etats la fervitude & la torture : il a donné un bel Edit en faveur de nos frères les Proteftans ; il va nous accorder la liberté de la Preffe, les Etats-Généraux ; &, il fera plus, c'eft moi qui vous l'annonce, il fupprimera la Baftille ; il la fera démolir : nous éleverons fur fes débris la ftatue de ce bon Père ; & c'eft-là que nous irons chaque jour le bénir & le contempler.

Vous ferez contens de cela, mes chers amis ; vous en ferez enchantés, vous autres, parce que vous êtes d'honnêtes-gens, de bons Citoyens, & des Patriotes adorables ; mais il n'en fera pas de même de ceux qui ne font pas mes amis. Eh! que leur faudroit-il donc? hélas! vous le dirai-je? Une révolution défaſtreuſe, où tous les droits fuſſent confondus, où le plus fort s'emparât des biens du plus foible, où l'uſurpation tînt lieu de propriété, & la violence de juſtice. Qu'ils font à plaindre, de penſer de la forte! & qu'ils favent peu les malheurs où ils tomberoient eux-mêmes dans un pareil renverſement de toutes les Loix!

Vous êtes, mes chers amis, auſſi habiles que Monteſquieu dans l'économie politique, & je fuis à peine à l'a. b. c. de cette utile & admirable ſcience. Mais ne vous femble t-il pas, ainſi qu'à moi, qu'un Gouvernement monarchique où l'autorité du Prince eſt fubordonnée à celle de la Loi, eſt le meilleur de tous les Gouvernemens poſſibles? Ne croyez-vous pas qu'il en eſt de la Politique comme de la Mécanique, où la machine la plus fimple & la moins compliquée eſt celle qui approche le plus de la perfection,

& qu'il n'y a pas de machine plus fimple, & moins compliquée que celle de la Mo-narchie ? Si vous aviez entrepris un voyage dans un vaiffeau où il y eût plufieurs Pilo-tes, qui ne fuffent pas d'accord ; que l'un, par exemple, voulût vous mener à la Chine, l'autre à Tunis, le troifième à Lima, le quatrième à Conftantinople, &c. comment feriez-vous la traverfée? & fur quelle plage aborderiez-vous ? Sur aucune ; il vous fau-droit refter en pleine mer, expofés à tous les orages. Ce malheur n'eft point à craindre dans un Etat monarchique bien organifé ; on y achève tout doucement le voyage de la vie au fein de la juftice & de la paix. Ceux qui ne font pas mes amis, ne font-ils pas fous, d'après cela, d'aimer mieux obéir à plufieurs Maîtres, qu'à un feul ? C'eft ce qui réfulteroit de leurs projets, s'ils étoient exécutés ; mais que dis-je, obéir ? on voit bien que leur ambition feroit de commander ; & nous préferve le Ciel de femblables Pilotes! ils mèneroient fi bien

la barque, qu'ils fe noieroient bientôt eux-
mêmes, avec tous les Paffagers.

Mais la liberté! la liberté! crient nos Ener-
gumènes: la liberté n'eft-elle pas le bien le plus
précieux de l'homme, & peut-on vivre fans la
liberté? Non fans doute; l'homme eft né libre,
je le crois: il eft libre dans les forêts; c'eft-là
fur-tout qu'il peut déployer fa volonté toute
entière; il n'a point de maîtres, puifqu'il ne
fuit point de Loix; mais il n'eft foumis qu'aux
Loix dans les villes ; & fi elles lui impofent
des chaînes, n'en retire-t-il pas les avantages
les plus marqués? Je vois dans tout Gouvernement un grand arbre dont l'Agriculture
eft la racine; la population la tige ou le
tronc ; le commerce la feve ; les Arts &
les Finances les branches. L'homme focial
forti nud des mains de la Nature, fe met à
couvert fous cet arbre merveilleux & en
mange les fruits. Ne faut-il pas qu'il les paye
par un peu de contrainte, & qu'il cède un
peu de fes droits pour jouir de ce qui peut
à la fois le faire fubfifter , le vêtir & lui

plaire ? Le fauvage eft plus libre, j'en conviens ; mais il n'habite ( je parle au moral )
que fous un arbre qui ne produit rien : il
meurt le plus fouvent de misère, de laffi-
tude ou d'ennui ; & je vous le demande,
mes bons amis, lequel vaut mieux, ou d'une
liberté entière fans bonheur, ou d'un peu
moins de liberté fans défaftre.

Enfin, mes chers amis, je penfe un peu
comme notre vieil ami Horace, qui difoit
en vers fi fenfés à fon ami Mecène :

*Qui fit, Mæcenas, ut nemo quam fibi fortem,*
*Seu ratio dederit, feu fors objecerit, illâ*
*Contentus vivat, laudet diverfa fequentes ?*

Ceux qui ne font pas mes amis, reffemblent
beaucoup aux gens inquiets fi bien peints
dans ces vers : jamais contens de leur état,
ils voudroient renverfer la conftitution de
l'Etat, ils voudroient parvenir du moins aux
grandes places pour y faire des fottifes ; &
voilà pourquoi.... vous le devinez fans doute,
voilà pourquoi j'ai compofé *l'Homme d'Etat*

*imaginaire.* J'ai compofé.... Alte-là! Notre bon ami Corneille indiquoit prefque toujours la fource où il avoit puifé fes fujets: notre bon ami Molière étoit trop preffé pour le dire; je ne fuis point preffé, & je vous dirai avec franchife qu'il a exifté en Dannemarck vers le milieu de ce fiècle un Ecrivain très-habile, nommé *Louis de Holberg.* Ce Louis de Holberg eft peu connu en France, quoique le Dannemarck ait vu en lui fon Térence & fon Tite-Live, quoiqu'il ait publié plufieurs hiftoires très-intéreffantes, des *Penfées Morales, le voyage de Nicolas Climius dans le monde fouterrain,* & (1) vingt-fix

---

(1) Il règne maintenant en France un efprit de fermentation pour le bien, une inquiétude de liberté & d'indépendance qui s'étend jufques fur notre Scène. Le Théâtre de Monfieur, à l'abri de ce nom refpectable & adoré, cherche déjà à s'illuftrer par des productions immortelles; celui des Variétés s'efforce chaque jour, par un travail affidu, à fortir du genre ignoble de la farce, où il paroiffoit être renfermé. Quel fervice ne rendroit donc pas à ces deux Théâtres naif-

Comédies renfermées dans six Volumes imprimés à Copenhague en 1746, & traduites du Danois en François par M. G. Furfman. Il y a dans ce Recueil de Comédies une Pièce en cinq actes, intitulée : *le Potier d'étaim politique*, ou *l'Homme d'Etat imaginaire* ; & c'est le Potier d'Etaim que je vous donne arrangé à ma manière. La scène de la Pièce danoise est à Hambourg, & celle de mon *Homme d'Etat* est dans une Province de France. Vous sentez que les mœurs d'une ville Anséatique ne sont pas tout-à-fait les mêmes que celles de Marseille ou de Bordeaux, & que j'ai dû changer bien des choses dans l'original pour l'accommoder à la Françoise. Vous savez de plus que notre

_____

sans, un Homme-de-Lettres versé dans la Langue Danoise, qui enrichiroit la nôtre d'une traduction fidèle, ou d'une imitation élégante de ces vingt-six Comédies, dont un seul volume a été publié ? Les Auteurs Dramatiques puiseroient dans cette source, comme ils ont déjà puisé dans Shakespear, Calderon, Lopès de Vega, &c.....

bon ami Corneille a imité dans son *Menteur*
le *Menteur* Espagnol. Eh bien ! j'ai imité
le Potier d'Etaim Hambourgeois, sinon avec
le même talent, du-moins avec la même liberté. Il y a, dans Louis de Holberg, plu-
sieurs scènes qui n'auroient pas plu sur notre
Théâtre ; je les ai retranchées, & j'en ai
substitué d'autres qui ne sont pas aussi bonnes
sans doute, mais qui sont miennes. J'ai fait
aussi beaucoup de changemens dans la marche de l'Ouvrage, dans l'intrigue, dans les
incidens ; mais les détails, je puis & je dois
le dire, m'appartiennent tout entiers. Ce
n'est point le style de Holberg qu'on sifflera,
si on me siffle ; ce sera le mien, & on lui
donnera des nazardes sur mon nez, comme
Montagne le disoit de Plutarque, si les
caractères déplaisent. Les personnages de
Louis de Holberg sont des Artisans & des
Bourgeois, & les miens le sont aussi : j'en
demande pardon à Messieurs les Marquis ;
mais ne pas anoblir mes Acteurs est peut-
être ce que j'ai fait de plus sage. Les Bour-

geois & les Artisans ont une physionomie plus prononcée, plus comique & plus franche que celle de MM. les Marquis. Le bon M. Jourdain m'amuse bien plus que nos Valere, nos Cléon modernes ; & quoiqu'il ne soit pas toujours messéant de pleurer dans une Comédie, je pense qu'il vaut beaucoup mieux y rire, & j'espère que vous rirez.

Quant a mon but moral, car il en faut toujours un, soit qu'on fasse rire ou pleurer, je ne vous l'annonce point ; vous l'appercevrez de reste ; & si j'ai eu le malheur de faire un mauvais Ouvrage, vous ne pourrez pas dire au moins que j'aye fait un Ouvrage inutile.

Encore un mot, mes chers amis, & je me tais. On connoit à peine en France les productions de Louis de Holberg. Est-ce par ignorance, par paresse ou par égoïsme, que nous sommes si peu familiarisés avec la littérature étrangère ? Je crois que c'est par orgueil. Les Danois, les Allemands, les Russes, les Polonois ont publié une foule

d'Ouvrags

d'Ouvrages intéreffans dont nous ignorons même les titres : nous les dédaignons peut-être, parce que nous nous imaginons qu'on ne fait penfer & écrire qu'en France. Ah ! comme on reviendroit de cette erreur, fi on avoit lu davantage les œuvres de Louis de Holberg ! Il règne, fur-tout dans fes Comédies, une gaîté & un naturel qui ne fe trouvent guères que chez le divin Molière ; & l'on pourroit ajouter qu'il a bien approché de ce grand homme, s'il ne l'a point égalé. Il n'a point dédaigné fur-tout de s'inftruire dans nos Auteurs : il n'a point imité notre morgue nationale ; & fon Potier d'Etaim en eft la preuve. Notre Jéfuite Buffier a fait imprimer à la fuite de fon *Traité de Poéfie*, une Comédie en trois actes, intitulée : *Damocle, ou le Philofophe Roi.* Il y peint au naturel le ridicule de ces faux Sages occupés fans ceffe de plans de réformations relatifs à toutes les parties du Gouvernement : on y voit un Roi qui, pour fe divertir aux dépens d'un de ces hommes à fyftêmes, le

b

le prend au mot, & feint de lui céder la Couronne pour le mettre à même de mettre en pratique fes idées. Le nouveau Roi perd la tête & s'écarte de fes principes à la première occafion qu'il a d'en faire ufage : les affaires enfin tournent fi mal, que Damocle eft obligé de convenir qu'il n'eft qu'un fot, & qu'il prie le Roi légitime de remonter fur le Trône, afin de réparer tout le mal caufé par le prétendu Réformateur. En comparant ce croquis avec le *Potier d'étaim politique*, il eft difficile de ne pas préfumer que le premier n'ait pas beaucoup fervi au fecond : il paroît en un mot que Louis de Holberg avoit lu le Damocle du Jéfuite, & qu'à l'exemple de Virgile, il a ramaffé des perles dans le fumier d'Ennius. J'ai ramaffé les miennes, fi j'en ai, dans Louis de Holberg; & voilà comme va le monde, mes chers amis : les idées dramatiques, politiques, philofophiques circulent continuellement d'un bout de l'univers à l'autre. Heureux qui a, ainfi que vous &

La Fontaine, le talent de s'en emparer, de leur donner une forme qui plaife, de leur prêter des couleurs qui féduifent, & de compofer, ainfi que vous, d'excellens Mémoires fur les Etats - Généraux , ou des Fables comme celle des deux Pigeons!

*Achevée le* 19 *Mars* 1789.

# PERSONNAGES.

Maître GAUTIER, *Homme d'Etat imaginaire.*

PAPELINE, *femme de Maître Gautier.*

HONORINE, *fille de Maître Gautier.*

LOUIS GÉRARD, *amant d'Honorine.*

GILOTIN, *valet de Maître Gautier.*

M. MACLOT, } *Echevins.*
M. SANDER, }

DEUX AVOCATS.

CHRISALE, *favetier.*
UN MARCHAND DROGUISTE. } *Membres d'un*
UN BOULANGER. } *Club politique.*
UN PERRUQUIER. }
UN COMMIS DE LA DOUANE. }

UN JOCKEI,

M.<sup>me</sup> MACLOT, } *Femmes d'Echevins.*
M.<sup>me</sup> SANDER, }

LE SYNDIC DES CHAPELIERS.

La femme d'un Marchand de charbon.

Un Marchand.

Un homme déguisé en femme.

Un bourgeois.

Plufieurs Garçons de Maître Gautier, perfonnages muets.

*La Scène eft en France dans une ville maritime.*

# L'HOMME-D'ETAT
## IMAGINAIRE.

## ACTE PREMIER.

*Le Théâtre repréfente une rue, & l'on voit fur l'un des
côtés la maifon de Maître Gautier.*

## SCÈNE PREMIÈRE.

### LOUIS GÉRARD *feul.*

Lorsqu'a Maître Gautier je viens rendre vifite,
Tout mon corps eft tremblant; je friffonnne, j'héfite,
Et je ne fais pourquoi je m'arrête en chemin :
De fa fille pourtant je n'aurai point la main,
S'il n'eft point informé de mon amour pour elle.
Elle a mille vertus; elle eft fenfible & belle,

A

Et je crois qu'en secret partageant mon ardeur;
La flamme qui m'anime a passé dans son cœur.
Frappons; expliquons-nous avec Gautier : je n'ose....;
C'est tout que d'être aimé; le reste est peu de chose.
Dussé-je de Gautier n'obtenir qu'un refus,
La passion l'emporte, & je n'hésite plus.

(*Il heurte à la porte de Maître Gautier.*)

## SCENE II.

### (1) GILOTIN, LOUIS GÉRARD.

#### GILOTIN *ouvrant la porte.*

C'EST vous, Monsieur Gerard? Quel bon vent vous am
On ne vous a point vu de toute la semaine.

#### GÉRARD.

Je n'ose pas souvent venir dans ce quartier.
Puis-je m'entretenir avec Maître Gautier?

---

(1) Les Acteurs peuvent se placer sur le Théâtre comme
ils le font sur le papier: c'est pour les Comédiens de Province
que nous faisons cette remarque. On entend par le côté du
Roi, la gauche des Acteurs, & par le côté de la Reine, la
droite.

### GILOTIN.

J'en doute.

### GÉRARD.

Pourquoi donc ? Est-ce qu'il est en Ville ?

### GILOTIN.

Non ; mais il étudie : il veut se rendre habile
Dans l'art de gouverner ; &, depuis quelque temps,
La Politique seule occupe ses instans.

### GÉRARD.

La Politique !

### GILOTIN.

Eh ! oui : mon Maître est Politique,
Et Charron à la fois : nuit & jour il s'applique
A lire de Barclay l'Argenis.....

### GÉRARD.

L'Argenis !

Je ne sais ce que c'est.

### GILOTIN.

Tant pis, Monsieur, tant pis !
Vous passerez ici pour un esprit fort mince.

A 2

## GÉRARD.

Hélas! j'en ai grand'peur.

## GILOTIN.

Et l'horloge du Prince? (1)
Avez-vous quelquefois mis votre nez dedans?

## GÉRARD.

Encor moins.

## GILOTIN.

Encor moins! Et vous venez céans!
Mon Maître est honnête-homme; il aime la justice;
Il est doux, modéré, simple, sans artifice:
Vous êtes, comme lui, rempli de probité;
Et ce rapport heureux, cette conformité,
Devroient, dans son esprit, faire assez votre éloge;
Mais, du Prince jamais vous n'avez lu l'Horloge;
Vous serez éconduit.

## GÉRARD.

Pour lire des Romans,

---

(1) L'Horloge du Prince, par Guevara, Auteur Espagnol.
C'est dans ce Livre que La Fontaine paroît avoir puisé le discours qu'il fait tenir à son Paysan du Danube. Quant à l'Ar-
génis de Barclay, c'est un vieux Roman politique, qui a eu
quelque célébrité, mais qu'on ne lit plus guère depuis long-
temps.

Où pourrois-je trouver d'inutiles momens ?
Mes occupations remplissent ma journée.

### GILOTIN.

A de petits objets que votre ame est bornée !
Est-ce au travail, Monsieur, qu'on doit passer le temps,
Lorsqu'on peut se charger de soins plus importans ?
Mon Maître ne fait rien ; mais il pense, il médite :
Voilà ce qui s'appelle avoir de la conduite.

### GÉRARD.

Mais sa profession en doit beaucoup souffrir :
Cette paresse enfin.....

### GILOTIN.

      Rien ne l'en peut guérir ;
Sans cesse il politique ; & quand, par aventure,
On lui vient demander un timon de voiture,
Il répond aussi tôt d'un ton de Magistrat,
Qu'il est fait pour tenir le timon de l'État.
Mais vous, quelle demande avez-vous à lui faire ?
Puis-je savoir, Monsieur ?.....

### GÉRARD.

      Je vais vous satisfaire
En peu de mots. Sa fille a fait naître en mon cœur,
Si-tôt que je l'ai vue, une amoureuse ardeur.
Je viens savoir de lui, s'il veut en mariage
Me la donner.

        A 3

GILOTIN.

Eh bien! pour avoir son suffrage,
Il faut jouer d'adresse : il faut dans vos discours,
Fourrer de ces grands mots qui lui plaisent toujours;
Lui parler du pouvoir qu'on nomme Monarchique;
De l'Aristocratique & du Démocratique;
Des Constitutions de Charlemagne; & puis,
Si vous pouviez aussi mêler de l'Argenis
Dans votre compliment, ou je suis une bête,
Ou très-certainement vous feriez sa conquête.

GÉRARD.

L'admirable démarche où tu veux m'engager!
Me la proposes tu pour me faire enrager?
Je suis fils d'un Tailleur; je n'ai point fait d'étude.
Lui parler d'Argenis seroit pour moi trop rude.
A Gautier le Charron, je dirai simplement
Que sa fille me plaît, que je l'aime ardemment;
Et, sans le fatiguer par un long verbiage,
Je la demanderai sur l'heure en mariage.

GILOTIN.

Et vous ne l'aurez point, ne voulant point ruser.

GÉRARD.

Ruser! je suis trop franc.

GILOTIN.

Du moins pour l'amuser,

Et réjouir un peu sa debile cervelle,
Si vous lui racontiez quelque grande nouvelle,
Quelque fait relatif à la guerre, à la paix?
Lisez-vous les Journaux, les Gazettes?

GÉRARD.

Jamais.

Au Café cependant ce que je viens d'apprendre,
Pourra l'intéresser autant que le surprendre.

GILOTIN *avec emphase.*

Qu'est-ce donc? Les Anglois, ces fiers tyrans des eaux,
Nous ont-ils par hasard pris quelques gros vaisseaux?
Les Turcs menacent-ils Venise ou l'Allemagne?
Et ferons-nous bientôt en Flandre une Campagne?

GÉRARD.

Non; mais des Envoyés d'un Monarque Indien
Arrivent en ce jour.

GILOTIN *se frappant le front de désespoir.*

Et je n'en savois rien!

O le plus ignorant de tous les Politiques!
Le plus..... mais sans attendre ici d'autres répliques,
Allez trouver mon Maître, & souvenez-vous bien
De lui parler sur-tout du Monarque Indien.

GÉRARD *entrant dans la maison.*

Je ne lui parlerai, ma foi, que de sa fille,
Et du desir que j'ai d'entrer dans sa famille.

A 4

## SCENE III.

### GILOTIN *seul.*

IL ne l'obtiendra pas. Je fuis prefque certain
Qu'un Politique feul peut prétendre à fa main.
Que ne le fuis je affez pour m'offrir à mon Maître,
Et pour lui demander Honorine! Peut-être
Si je favois à fond l'Argenis de Barclai,
Entr'elle & moi bientôt l'hymen feroit baclé.
J'afpire à la fortune. Allons lire ce livre;
Il pourra m'indiquer la route qu'il faut fuivre.

## SCENE IV.

### GÉRARD, Maître GAUTIER, *fortant tous deux de la maifon*

### Maître GAUTIER.

JE fuis flatté, Monfieur, de votre empreffement,
Et vois avec plaifir le tendre fentiment
Que ma fille Honorine en votre ame a fait naître,
Vous voulez l'époufer; mais cela ne peut être.

GÉRARD.

Vous m'étonnez beaucoup. Un semblable discours.....

Maître GAUTIER.

Connoissez-vous à fond les intérêts des Cours?
Je veux avoir pour gendre un Politique habile;
Et votre amour devient tout-à-fait inutile,
Si, par cette science, il n'est point secondé.

GÉRARD.

Sur des titres plus sûrs mon amour est fondé,
Et je puis.....

Maître GAUTIER.

Avez-vous des notions bien claires
Sur les droits du Monarque & les droits populaires?
Avez-vous débrouillé l'origine des Francs,
Leurs intérêts divers, & sur leurs différends,
Sous Clovis arrivés, pourriez-vous me répondre?
M'apprendrez-vous comment au Parlement de Londre
On fait des motions, comme on y juge, enfin,
Le plus simple Bourgeois, même le Souverain?
La Capitation, les Tailles, les Gabelles,
Les Finances sur-tout (on ne peut rien sans elles)
Ont-elles, quelquefois, exercé votre esprit?
Savez-vous pourquoi hausse & baisse le crédit?
Savez-vous ce qui rend un peuple esclave ou libre,
Et ce qui de l'Europe entretient l'équilibre?

### GÉRARD.

Vous m'en demandez trop. Je fais très-proprement
Des veftes, des habits; & le Gouvernement,
A vous parler fans fard, ne m'inquiète guère.
D'être un grand Politique, eft il fi nécessaire
Pour remplir les devoirs de la société?
Je fuis laborieux, j'ai de la probité:
Que faut-il davantage? Avec votre science
Vous devez négliger votre état; & je penfe
Que l'on doit, avant tout, faire bien fon métier.
Craignez qu'on ne vous blâme, & que tout le quartier

### Maître GAUTIER.

Moi, craindre! Et penfe-t-on qu'avec ma noble audace
Je ne parviendrai point à quelque grande place,
Et que long-temps encor je demeure Charron?
Non, je ne fuis pas fait pour ma profession.
J'ai lu, relu cent fois mon Horloge du Prince:
On connoît mes talens dans toute la Province,
Et pour tout avouer, je fais que l'autre jour
Un homme d'importance, arrivant de la Cour,
Dit qu'au lever du Roi mon nom s'eft fait entendre:
Après un tel honneur, à tout je dois m'attendre;
Je ferai mort, vous dis-je, ou très-certainement
Vous me verrez bientôt dans le Gouvernement,
Remplir des fonctions qui ne font pas communes.
Voulez-vous avoir part à mes bonnes fortunes?

Voulez-vous parvenir: Prétendez-vous, enfin,
Que de ma fille, un jour, je vous donne la main?
Imitez-moi : lisez des Traités politiques,
L'Hercule Citoyen, l'Ami des Républiques,
Grotius, Puffendorf, l'Atlantis de Bacon.
Tenez, si vous voulez ici prendre leçon,
Une fois la semaine, avec plaisir moi-même
Je vous la donnerai.

#### GÉRARD.

    De votre zéle extrême
Je vous suis obligé. Le temps est précieux:
Je crois qu'à travailler je l'employerai mieux.

#### Maître GAUTIER, *sèchement.*

Ne vous flattez donc plus d'entrer dans ma famille.

#### GÉRARD.

Quoi! Monsieur, je ne puis...

#### Maître GAUTIER, *sortant brusquement.*

     Vous n'aurez point ma fille.

## SCENE V.

GÉRARD, à *Gautier qui s'en va.*

MAIS si quelques inſtans vous vouliez m'écouter.....
(*Seul*)
Maître Gautier eſt fou ; je n'en ſaurois douter.
Les intérêts des Cours, le Parlement de Londre,
Les Finances... Que diable avois-je à lui répondre
Sur tous ces grands objets que je ne connois pas ?
Que les Rois, à leur gré, gouvernent leurs Etats,
Peu m'importe. Régler chaque jour mes dépenſes
N'eſt pas bien difficile, & voilà mes finances.
Quant à mes intérêts, je les borne en ce jour,
A plaire, à conquérir l'objet de mon amour.
Gautier perd la raiſon ; mais ſa femme eſt plus ſage ;
Heureuſement pour moi, je ſais qu'elle partage
Le deſir qui m'anime, & je vais... La voici.

## SCENE VI.

PAPELINE, GÉRARD.

PAPELINE.

C'EST vous, mon cher Gérard ! Que faites-vous ici ?
Je ne vous ſavois pas ſi près de ma demeure.

GÉRARD.

Hélas ! bientôt, Madame, il faudra que je meure.

PAPELINE.

Quel langage ! D'où vient un si grand désespoir?

GÉRARD.

J'adore votre fille, & je venois savoir
Si j'aurai le bonheur de l'obtenir pour femme.
De votre époux, jamais je n'ai pu toucher l'ame,

PAPELINE.

Est-ce qu'il vous refuse?

GÉRARD.

Il ne s'offense pas
De ce que votre fille a pour moi des appas;
Mais, par une manie inconcevable, unique,
Il ne veut s'allier qu'avec un Politique,
Qu'avec un homme instruit des intérêts des Cours,
Et qui passe à l'étude & les nuits & les jours ;
Qui lise Grotius & l'Horloge du Prince :
Il croit régner déjà sur toute la Province;
Il compte incessamment parvenir aux honneurs,
Et se voir installé parmi les grands Seigneurs.

PAPELINE.

L'insensé ! Chaque jour je blâme sa manie,
Que lui souffla, je crois, quelque mauvais génie :

Chaque jour je le gronde, & ne puis obtenir
Qu'au sein de son ménage il se veuille tenir.
Il va, je ne sais où, courir la pretentaine,
Boire, se divertir, & j'ai toute la peine :
Ses pratiques, pourtant, qui lui servoient d'appui,
S'en plaignent à toute heure & s'éloignent de lui
C'est moi seule, en ces lieux, qui reçois leurs reproches;
C'est un scandale, enfin, dont nos amis, nos proches,
Mille fois m'ont fait honte; & s'il ne change pas,
J'en ai pris le parti, je lui romprai les bras.

### GÉRARD.

La douceur fait, je crois, plus que la violence.
Dans les pays perdus, quand son esprit s'élance,
Faites parler plutôt la voix de la raison,
Et vous ramenerez l'ordre dans la maison :
Dites-lui, par exemple, & sur-tout sans colère,
Que j'adore sa fille, & qu'ayant su lui plaire,
Il est juste & séant qu'il m'en rende l'époux,
Et tâchez que bientôt, par les nœuds les plus doux....

### PAPELINE.

Sa fille ! elle est la mienne, & je suis la maîtresse
De vous la donner, moi ! J'approuve la tendresse
qu'un amour mutuel a fait naître en vos cœurs.
Vous avez un état qui me convient, des mœurs,
Et vous l'épouserez; j'en donne ma parole.
Je l'ai résolu... Mais, que veut ce petit drôle?

## SCENE VII.

### PAPELINE, GÉRARD, UN JOCKEI (1).

#### LE JOCKEI, *baragouinant.*

MA Maîtresse m'envoie ici pour l'avant-train
De son voiture : il faut qu'elle sorte demain ;
L'a-t-on raccommodé ?

#### PAPELINE.

Je ne crois pas.

#### LE JOCKEI.

Quel diable !
Toujours quelques lenteurs ! C'est bien abominable.
Ma Maîtresse, elle vient de se fâcher beaucoup,
Et je viens au Charron, moi, donner un grand coup
De pied dans le derrière.

#### PAPELINE.

Et pourquoi, je vous prie ?

(1) C'est une Actrice déguisée en jeune-homme, qui doit
faire ce bout du Rôle.

## LE JOCKEI.

Ma Maîtreffe l'ordonne, & doit être obéie.

## PAPELINE.

De battre mon mari vous n'aurez pas befoin :
J'ai de bons bras; allez, de fon dos j'aurai foin.
Et quant à l'avant-train qu'il faut à la voiture,
Dans deux jours au plus tard, vous l'aurez, je vous jure.

## LE JOCKEI.

Vous me le promettez? Souvenez-vous-en bien :
Dans deux jours... Sans cela je le roffe très-bien.

# SCENE VIII.

## PAPELINE, GÉRARD.

## PAPELINE.

Vous le voyez : voilà comme, par fa pareffe,
Mon coquin de mari me compromet fans ceffe !

SCENE

## SCENE IX.

### GILOTIN, PAPELINE, GÉRARD.

#### GILOTIN.

Madame a-t-elle su que tantôt, en ce lieu,
Un Cocher est venu réclamer un essieu ;
Que notre Maître?...

#### PAPELINE.

          Va, je n'en suis pas surprise :
Voilà le triste effet de sa fainéantise.
On m'apprit l'autre jour, sans pouvoir me dire où,
Qu'il alloit, chaque soir, courir le loup-garou :
Le sais-tu, Gilotin, pourrois-tu m'en instruire?

#### GILOTIN.

Si je ne craignois pas, entre nous, de me nuire,
Et qu'il ne me punît de l'avoir décelé,
Ce secret vous seroit promptement révélé.

#### PAPELINE.

De ma discrétion je te réponds d'avance :
Ainsi, parle ; fais-moi l'entière confidence
De tout ce qu'il me cache.

B

GILOTIN.

Eh bien! je l'ai furpris,
S'affemblant chaque jour avec de grands efprits,
Dans un club politique, où chacun d'eux raifonne
Sur tout ce qui fe paffe, & décide en perfonne,
Où, fans faire de bruit, du moins fans trop d'éclat,
Ils difcutent à fond les affaires d'Etat.

PAPELINE.

Et dans quel lieu fe tient cette belle Affemblée?

GILOTIN.

Elle n'eft point ainfi par mon Maître appelée.
C'eft un club.

PAPELINE.

Eh bien! foit: ce club où fe tient-il?

GILOTIN.

On peut le deviner, fans être fort fubtil;
Tantôt chez l'un, tantôt chez l'autre, à tour de rôle:
Vous m'avez bien promis...

PAPELINE.

J'ai donné ma parole.
Raffure-toi.

GILOTIN, *montrant la maifon.*

C'eft-là qu'il fe tient en ce jour.

PAPELINE.

Dans ma maison! Fort bien. Je comprends à mon tour
Pourquoi le scélérat vouloit qu'aujourd'hui même
J'allasse visiter une tante qui m'aime.
C'étoit pour éloigner un témoin importun.

GÉRARD, *souriant.*

Votre époux, entre nous, n'a pas le sens commun.

PAPELINE.

Tu n'as pas encor dit quels sont les esprits rares
Qui se donnent ainsi des rendez-vous bizarres.

GILOTIN.

Vous les connoissez tous : vous leur avez du moins
Parlé plus d'une fois.

PAPELINE.

Moi ! j'ai bien d'autres soins.

GILOTIN.

C'est Jean le Boulanger, Pancrace le Droguiste,
Le Perruquier François.

GÉRARD, *souriant.*

Ah ! l'admirable liste!

B 2

### GILOTIN.

Ils font douze, en un mot, & tous gens de métier;
Pour honnêtes Bourgeois connus dans le quartier,
Et, depuis quelque temps, pour très-grand Politiques,
Quoiqu'ils ne foient jamais fortis de leurs boutiques.
Le club fe tint hier chez le Traiteur Simon.

### GÉRARD.

Chez Simon! Celui-là figne à peine fon nom.

### GILOTIN.

Là, rangés tous les douze à l'entour d'une table;
Ils forment, je l'avoue, un coup d'œil admirable.
Quel plaifir de les voir, d'entendre leurs difcours!
Ils détrônent les Rois, les chaffent de leurs Cours,
Deplacent le Miniftre, &, Maîtres de la terre,
Font, comme il leur convient, ou la paix ou la guerre,
Mettent de gros impôts toujours à leur profit,
Et fans payer un fou comblent le déficit.
Du vin eft auprès d'eux, du bon vin de Bourgogne,
Dont fouvent à la ronde ils rougiffent leur trogne,
Et tout en differtant fur la fobriété,
Ils laiffent quelquefois leur raifon de côté.
Le commerce tantôt, tantôt l'agriculture,
Leur fournit des projets d'une étrange nature:
L'un d'eux veut qu'à deux liards on achète le pain,
Et, quoique gras à lard, craint de mourir de faim:

L'autre, tout occupé de nouvelles rubriques,
Prétend que le Dimanche on ouvre les boutiques:.
Et d'après leurs besoins, tous réformant la Loi,
On voit que chacun d'eux n'a parlé que pour soi.

### PAPELINE.

Et que fait mon mari dans ce bizarre groupe?

### GILOTIN.

De temps en temps, Madame, il harangue la troupe.
Si-tôt que de parler il a l'intention,
On voit autour de lui naître l'attention.
Ces Messieurs sont pour lui remplis de déférence:
Ils ne l'écoutent point avec indifférence.
L'autre jour à la main, tenant un cure-dent,
Il étoit surnommé Monsieur le Président.

### GÉRARD, *souriant.*

Un cure-dent! C'étoit le sceptre de Justice,
Apparemment: je veux lui faire une malice,
Et l'appeler, ma foi, Monsieur le Président,
Quand je le reverrai.

### GILOTIN.

　　　　　Diable! Soyez prudent:
Il diroit que de moi vous tenez cette histoire;
Et je serois perdu. Daignerez-vous m'en croire?

Tenez, Monsieur Gérard, n'offensons point des gens
Qui détrônent les Rois, & sont assez puissans
Pour lever une armée & nous faire la guerre.

PAPELINE, à *Gérard qui rit.*

Vous riez? Moi, Monsieur, il ne m'amuse guère.
Sans l'aveu du Conseil, on ne peut s'assembler;
Et pour mon pauvre époux je commence à trembler,
Si l'on vient à savoir que c'est un politique,
Qui du Gouvernement fait toujours la critique.
Le Conseil n'aime pas tous ces réformateurs,
Qui du public repos sont les perturbateurs;
Et peut-être bientôt ils agiront de sorte
Qu'on verra s'établir la garde à notre porte.

GÉRARD.

Ne craignez point, Madame, un pareil accident;
On n'arrêtera point Monsieur le Président.
Et quel mal voulez-vous qu'à l'Etat puissent faire
Des gens qui, dans l'Etat, n'ont point de caractère,
Qui savent lire à peine, & dont les vains discours
Sont méprisés de ceux qui règnent dans les Cours?
Les Empereurs, les Rois, les Magistrats eux-même,
Doivent rire tout haut de leur folie extrême :
Ces rêveurs ne sont nés que pour les divertir.

PAPELINE.

Je n'en suis pas plus calme. Allons, il faut sortir :

Dans ma maiſon, bientôt, ils doivent tous ſe rendre.
J'eſpére, à mon retour, pouvoir les y ſurprendre;
Et je leur prouverai, ſans faire trop d'éclat,
Qu'il vaut mieux gouverner ſa maiſon que l'Etat.

*Fin du premier Acte.*

# ACTE II.

*Le Théâtre repréfente l'intérieur de la Maifon de Maître Gautier. On voit une table au milieu, fur laquelle font rangés confufement des verres, des bouteilles, des Cartes de Géographie, &c.*

## SCENE PREMIERE.

### Maître GAUTIER, GILOTIN.

#### Maître GAUTIER.

C'EST aujourd'hui, chez moi, que le club politique
Doit fe tenir. Allons, Gilotin, qu'on s'applique
A le bien recevoir : que tout foit prêt ici!
Du vin! De l'eau-de-vie!

#### GILOTIN, *rangeant les bouteilles.*

Oui, Maître.

#### Maître GAUTIER.

Il faut auffi
De la bière.

### GILOTIN.

En voilà.

### Maître GAUTIER.

      Des verres, qu'on les rince!
Et mon livre chéri de l'Horloge du Prince?

### GILOTIN.

Fouillez dans votre poche; il s'y trouve, je crois.

### Maître GAUTIER.

Je l'y fens, en effet : nous voyageons parfois,
Sur la carte, & fouvent, fans quitter cette chambre,
Nous allons au pays où mûrit le gingembre.
La carte eft-elle ici?

### GILOTIN.

      J'en ai rangé plufieurs
Sur cette table.

### Maître GAUTIER.

Bon! j'apperçois nos Meffieurs.

## SCENE II.

GILOTIN, UN BOULANGER, UN DROGUISTE, Maître GAUTIER, UN COMMIS DE LA DOUANE, LE SAVETIER CHRISALE, UN PERRUQUIER.

Maître GAUTIER, *les saluant.*

SALUT à l'Assemblée.

*Ils répondent tous au salut de Maître Gautier par une inclination, se rangeant pittoresquement, & s'asseyant autour de la table : Gilotin reste de bout.*

Maître GAUTIER, *continuant.*

Il ne me souvient guère
De ce que nous traitions la semaine dernière.

LE COMMIS DE LA DOUANE.

Nous en étions restés aux affaires du Nord.

Maître GAUTIER.

Je crains que ce Pays ne se barbouille fort:,
Qu'en dites-vous, Messieurs? La Pologne envahie,
A, pour jamais, perdu son antique harmonie.

Ce Royaume, jadis si beau, si florissant,
Va tomber sous les coups d'un ennemi puissant.
Le Russe la vaincra. Par des Règlemens sages
Détruisons, s'il se peut, de barbares usages.
Délibérons, enfin, & créons des projets
Qui rendent plus heureux le Peuple Polonois.
Le danger est pressant : vîte, qu'on me seconde;
Nous sommes assemblés pour le bonheur du monde.

### LE COMMIS DE LA DOUANE.

Le sort des Polonois me touche infiniment :
Tous leurs malheurs sont nés de leur Gouvernement:
Il faudroit le changer, leur en donner un autre.

#### Maître GAUTIER, *au savetier Chrisale.*

Est-ce là votre avis ?

#### Le Savetier CHRISALE.

Je l'adopte.

#### Maître GAUTIER, *au Perruquier.*

Et le vôtre?

#### LE PERRUQUIER.

Le mien seroit, ma foi, que pour se délivrer
Du vautour russien prêt à les dévorer,
Ils élussent pour Roi l'Empereur de la Chine.
Ce Monarque est puissant. A leur frêle machine,

D'une nombreuse armée il prêteroit l'appui,
Et bientôt dans le Nord tout trembleroit sous lui.

### Maître GAUTIER.

D'un semblable conseil mon ame est stupéfaite.

### LE PERRUQUIER.

Pourquoi donc, je vous prie ?

### Maître GAUTIER.

Ils sont à la diète,
Les Polonois.

### LE PERRUQUIER.

Eh bien ! voilà donc le moment
De leur faire passer mon avis promptement.
Après l'avoir long-temps pesé dans la balance,
Ils en profiteront ; n'en doutez point.

### LE BOULANGER.

Je pense
Qu'il vaudroit beaucoup mieux leur envoyer du pain ;
Si la diète dure, ils périront de faim.

*Tous les Acteurs rient, excepté le Boulanger.*

Ah, ah, ah, ah, ah, ah !

## LE BOULANGER.

Vous riez! chofe étrange!
Après qu'on a jeûné, ne faut-il pas qu'on mange?

## Maître GAUTIER.

La diète n'eft pas un jeûne.

## LE BOULANGER.

Excufez-moi,
Si je me fuis trompé ; je fuis de bonne-foi :
Je crois ce terme pris dans la géométrie,
Et je ne l'entends pas.

*Les Acteurs rient encore.*

## Maître GAUTIER.

Dans l'Ariftocratie
Ce terme fignifie une Affemblée; ainfi,
Nous-mêmes nous tenons une diète ici,
Et nous ne jeûnons pas.

## Le Savetier CHRISALE.

Non, de par tous les diables.
Buvons.        ( *Ils boivent à la ronde* ).

## LE DROGUISTE.

Le vin produit des effets admirables:

Je l'éprouve à l'inftant : vous trouverez exquis
Le projet qu'il m'infpire. Ecoutez, mes amis.

    *( Ils avancent la tête en demi-cercle & prêtent l'oreille).*

Dans fon ambition le Ruffe eft fans vergogne :
Il voudroit à fon joug afférvir la Pologne.
Pour la mettre à couvert de fon autorité,
Et lui rendre une entière & pleine liberté,
N'imaginez-vous pas que, dans la Tartarie,
Elle pourroit, guidant une armée aguerrie,
Aller faire par mer le fiége de Mofcou ?

    *( Les Acteurs fe redreffent & fe regardent mutuelle-*
*ment comme pour fe confulter ).*

Maître GAUTIER, *à part & hauffant les épaules.*

A l'autre ! ils me feront, je crois, devenir fou.

    LE DROGUISTE, *reprenant vîte la parole.*

Cette ville eft, dit-on, la clef de la Ruffie,
Elle a pour garnifon l'Apothicairerie (1),
Que jadis y fonda Pierre premier du nom.
    *( Faifant un gefte d'Apothicaire ).*
On fait dans notre état manier le canon ;

___

 (1) Il y a en effet à Mofçou une Apothicairerie très-célèbre.

Mais il n'est point à craindre; & sans beaucoup de peine,
On prendroit cette ville en moins d'une semaine.
Le Polonois est brave & fait pour tout oser :
Qu'est-ce qu'à sa vaillance on pourroit opposer?
Des Garçons de boutique, armés de leurs cannes.
Il faut de gros boulets, & non pas des pilules,
Pour renverser les murs des guerrières Cités ;
Et les Vainqueurs du Nord, dans l'Histoire cités,
Préféroient, en suivant Alexandre à la piste,
Le mortier d'une bombe au mortier d'un Droguiste.

### Maître GAUTIER.

Si Moscou n'étoit pas loin des bords de la mer,
L'esprit, d'un tel projet, se laisseroit charmer;
Mais ce seroit lui tendre un ridicule piége.
Et comment des vaisseaux en feroient-ils le siége?
Un canal seulement la baigne de ses eaux.

### LE DROGUISTE.

Si la chose est ainsi, je suis le Roi des sots.
( *Avec finesse.* )
Je crois bien cependant que cette Capitale
Ne doit pas être loin de la mer Glaciale.
Pensez-vous qu'à tel point je manque de savoir?...

### Maître GAUTIER.

En consultant la carte, on peut bientôt le voir.

( *Prenant fur la table une carte géographique.* )

Tenez, voici, je crois, celle de l'Allemagne.

GILOTIN, *à part, pendant que fon Maître parcourt
la carte.*

Voilà comme toujours ils battent la campagne !
L'un dit blanc, l'autre noir : différens dans leurs vœux,
Peut-être ils finiront par fe prendre aux cheveux,

Maître GAUTIER, *regardant toujours la carte.*

Que dis-tu, Gilotin ? tu parles, ce me femble ?

GILOTIN.

Je dis que mon plaifir eft de vous voir enfemble,
Que je fais mon profit de vos favans débats,
Et que vous m'apprenez….

Maître GAUTIER.

Soit ; mais parle plus bas.
De cette queftion, plus ou moins éclaircie,
Pourra dépendre un jour le fort de la Ruffie.
Il nous faut du filence & du recueillement ;
Pour ne pas nous troubler, laiffe-nous un moment.

SCENE

## SCENE III.

*Les Acteurs précédens, toujours assis.*

Maître GAUTIER, *regardant toujours la carte.*

Sur cette Carte en vain je cherche la Ruffie.
( *En prenant une autre, & montrant avec le doigt.* )
C'eft l'autre qu'il me faut. Voici la Livonie :
La voyez-vous ? Plus loin, remarquez-vous Riga ?
Riga fa Capitale, & plus loin le Wolga ?

TOUS, *excepté Gautier.*

Le Wolga ?

Le Savetier CHRISALE.

C'eft peut-être un animal fauvage.

Maître GAUTIER.

Non, Meffieurs; c'eft un fleuve : on voit fur fon rivage...
( *L'un d'eux s'approche pour regarder le Wolga, &*
*renverfe le pot à bière* ).
Mais on ne voit plus rien; le fleuve eft débordé.

C

LE BOULANGER *en colère, & s'essuyant.*

Au diable soit le fleuve! il m'a tout inondé.

Tous les Acteurs *se levant, & riant.*

Ah, ah, ah, ah, ah, ah!

LE COMMIS DE LA DOUANE.

Mes amis, j'imagine
Qu'au-lieu de tant parler du Nord & de la Chine,
Il vaudroit beaucoup mieux, sur-tout en ce moment,
Songer à réformer notre Gouvernement.

LE DROGUISTE.

Ce seroit s'occuper d'une utile besogne :
Nous habitons la France, & non pas la Pologne.
Que l'on fasse la guerre ou la paix dans le Nord,
Est-ce-là ce qui doit nous intriguer si fort ?

LE COMMIS DE LA DOUANE.

Je veille, par ma place, aux choses du Commerce.
Pourquoi n'avons-nous pas avec le Roi de Perse
Plus de relations, plus de rapports directs?
Ses Peuples ne sauroient nous paroître suspects ;
Ils sont affables, doux ; & je crois que la France
Devroit faire avec eux une prompte alliance.

Ils ont des diamans, des fruits délicieux,
Des étoffes de prix, des arbres curieux.
Avec eux de ces biens nous ferions le partage,
Et leurs tréfors bientôt feroient notre héritage :
Mon avis feroit donc que des Ambaſſadeurs
Partiſſent promptement pour conquérir leurs cœurs.

### L E  D R O G U I S T E.

Il vaudroit mieux, je crois, leur déclarer la guerre.
C'eſt la force qui règne, & fait tout fur la terre.
La Perſe eſt un Pays facile à ſubjuguer :
Contr'elle, avec l'Anglois, il faudroit nous liguer.
Le François & l'Anglois, réuniſſant leurs armes,
Dans l'Univers entier répandroient les alarmes;
Et maîtres une fois de l'Empire Perſan,
Qui pourroit empêcher que bientôt du Croiſſant
Le François ne devînt le ſouverain arbitre ?
Mais que veut cette femme ?

## S C E N E  I V.

Les Acteurs précédens, PAPELINE.

PAPELINE, *les poings fur les côtés.*

AH! ie t'y prends, bé'itre!
Voilà comme tu fais ton métier de Charron!
Des Pratiques fans nombre affiégent la maiſon:

D'un avant-train, à l'une on a fait la promesse;
L'autre, pour un essieu, me tourmente sans cesse.
Toutes sont en fureur. Comment les appaiser?
Quand tu ne fais ici que boire & que jaser,
Et quand tous nos Garçons, te prenant pour modèle,
S'en vont au Cabaret s'enivrer de plus belle?
Ivrogne! paresseux!

### Maître GAUTIER.

Ma femme, doucement!
Nous raisonnons ici sur le Gouvernement.
Le temps n'est pas perdu. Plus tôt que l'on ne pense,
Mes travaux recevront leur noble récompense:
Mon savoir, en tous lieux, percera tôt ou tard.
En faisant un métier, en s'occupant d'un art,
Sans doute on a des droits à la publique estime;
Mais un grand Politique est un être sublime,
Au-dessus d'un Charron, même d'un Avocat,
Et plus que les Six-Corps il peut servir l'Etat.
J'ai choisi par instinct la plus noble science.

### PAPELINE.

Celle de ne rien faire; & tu veux qu'en silence....

### Maître GAUTIER.

Ah! ma femme, tout doux! les vulgaires humains
Attachent un grand prix au travail de leurs mains;

Mais le plus glorieux est celui de la tête :
C'est le mien à présent ; & le Destin s'apprête
A m'en récompenser.

PAPELINE.

J'en admire l'effet.
Qu'est-ce qu'il a produit, ce travailleur parfait
Depuis qu'il se rassemble avec sa compagnie ?
Des châteaux en Espagne, & voilà tout.

Maître GAUTIER.

Je nie....

PAPELINE.

Tais-toi, vieux radoteur, rêve-creux, maître fou !
Si tu ne changes pas, je te romprai le cou !

Le Savetier CHRISALE.

Eh quoi ! maître Gautier, vous souffrez qu'une femme
De la sorte avec vous se conduise ! tredame !
Si la mienne jamais....

Maître GAUTIER, *d'un ton digne.*

Chrisale , écoutez-moi :
Pour gouverner le monde, il faut régner sur soi.
C'est le premier devoir : on lit cette maxime
Dans l'Horloge du Prince ; elle est vraiment sublime.

Dans un autre volume intitulé, je crois,
L'Autruche politique, on lit que jusqu'à trois
Il faut six fois compter, avant que d'une injure
On cherche à se venger. Cette méthode est sûre.
Un deux trois, un deux trois, je n'ai plus de courroux.
Ma femme, tu devrois boire un coup avec nous:
Tu dois avoir grand'soif, t'étant mise en colère?

(*il lui offre du vin.*)

### PAPELINE.

A moi du vin? à moi, vrai gibier de galère!
Qui veillera, dis moi, sur toute la maison,
Si dans le fond d'un pot je laisse ma raison?

Maître GAUTIER, *avec une colère qu'il cherche
à étouffer.*

Un deux trois, un deux trois.

### PAPELINE.

Je n'aime à rien rabattre.
( *Lui donnant un soufflet.* )
Tiens! tu peux à présent compter jusques à quatre.

Maître GAUTIER, *portant la main sur sa joue,
& comptant avec la rapidité de la fureur.*

Un deux trois, un deux trois, un deux trois, un deux t
Ma colère est passée une seconde fois.

Le Savetier C H R I S A L E.

Oh bien! je n'ai pas lu, moi, l'Horloge du Prince;
Et pour la corriger, il faut que je la rince.
( *Il la frappe avec son tire-pied, & désigne un nombre*
*à chaque coup qu'il donne* ).
Un deux trois, un deux trois.

P A P E L I N E, *s'enfuyant.*

Ah! maudit Savetier!
Tremble! je te prépare un plat de mon métier.

## S C E N E  V.

### LES ACTEURS PRÉCÉDENS.

Le Savetier C H R I S A L E.

Quelle femme, bon Dieu! J'aime la politique,
Et d'être homme-d'Etat, comme vous, je me pique;
Mais je ne souffre point que ces animaux-là
Jusqu'à me souffleter s'émancipent.

Maître G A U T I E R.

Voilà
Comme depuis long-temps me traite la coquine:
Je la vois chaque jour devenir plus mutine;

Chaque jour elle gronde avec impunité.
Je suis à la colère extrêmement porté,
Et, sans la Politique, avec quelles délices
Mon bras réprimeroit ses fréquentes malices!

(*Mettant le doigt sur son front.*)

Mais l'Horloge du Prince est toute écrite là.

### LE PERRUQUIER.

Vous êtes étonné de voir ce sexe-là
Se livrer aux transports d'une colère extrême!
Et, pourquoi, je vous prie? Il est par-tout le même:
Les femmes font par-tout la guerre à leurs maris:
De Strasbourg à Lisbonne, & de Londre à Paris,
Règne le même abus. Il me paroît énorme;
Et j'ai fait sur ce point un projet de réforme.

### Le Savetier CHRISALE.

Bon! c'est le vrai moyen de nous venger. Voyons.

### LE PERRUQUIER, *d'un ton doctoral.*

Les femmes ne font pas ce que nous les croyons:
Elles aiment beaucoup à gronder, même à battre.
Cette humeur vous déplaît; mais on peut la combattre
Très-efficacement, avec l'attention
De ne les épouser que sous condition.
Le contrat nous unit pour toujours avec elles,
Et c'est de là sur-tout que naissent les querelles.
Cet usage est d'ailleurs contraire à la raison.
Il faudroit que, semblable au bail d'une maison,

Le contrat nous unit pour plus ou moins d'années,
Qui fussent par les Loix exprès déterminées.
Ainsi l'on quitteroit sa femme au bout d'un an,
Au bout de deux, de trois.....

LE DROGUISTE.

Il manque à votre plan....

LE PERRUQUIER, *du même ton.*

Je n'ai pas achevé ; laissez-moi donc poursuivre.
Avec elles pourtant si l'on desiroit vivre,
On pourroit prolonger le terme du contrat.
La crainte de nous perdre, & d'être sans état,
De ces Dames alors changeant le caractère,
Je crois qu'elles mettroient tous leurs soins à nous plaire,
Et que le calme ainsi rentrant dans la maison
Transformeroit en Ange un féminin Démon.
Avez-vous maintenant quelque remarque à faire ?

LE DROGUISTE.

Il en est une au moins que je crois nécessaire.

LE PERRUQUIER.

Parlez, & ma réponse est prête.

LE DROGUISTE.

Je conviens
Qu'avec la faculté de briser son lien,

Un époux inspirant un effroi salutaire,
Peut beaucoup sur les mœurs & sur le caractère
D'une méchante femme, & j'approuve ce point.
Mais du même pouvoir n'usera-t-elle point ?
Et si de son époux elle a droit de se plaindre,
Pourquoi la verroit-on sottement se contraindre ?
Entre les deux époux si tout doit être égal,
Chassés à notre tour du trône conjugal,
On nous répudieroit, & nous serions sans femmes.

### LE PERRUQUIER.

Voyez le beau malheur! Je connois bien ces Dames :
Je les aime, & je crois qu'on ne peut s'en passer ;
Mais il faut les avoir, & non les épouser.

### LE BOULANGER.

Je diffère d'avis. Pour punir ces bégueules,
Entre nous, il faudroit les laisser coucher seules
Quand leur humeur les porte à se conduire mal,
Et leur refuser net le devoir marital.          .

### Maître GAUTIER.

Non, Messieurs : une loi, de la concorde amie,
Vaut mieux que tout cela : c'est la Polygamie.
Cet usage que suit presque tout l'Orient,
Rend le nœud de l'hymen plus doux & plus riant.

### Le Savetier CHRISALE.

Son idée est vraiment une bonne fortune.          :

## LE PERRUQUIER.

Plufieurs femmes! Bon Dieu! N'eft-ce pas affez d'une,
 *( A demi-voix. )*
Pour nous faire enrager ? Et puis, ce que l'on eft,
On le feroit bien plus. L'admirable projet !

## Maître GAUTIER.

Pour difcuter à fond cette grave matière,
Il faudroit réfléchir une femaine entière.
Le club n'eft pas complet d'ailleurs : une autre fois,
Soyons douze, Meffieurs, & nous irons aux voix,
Et la pluralité gagnera la victoire.
N'y confentez vous pas ?

## Le Savetier CHRISALE.

Nous oublions de boire :
Voilà pourquoi, Meffieurs, nous fommes peu d'accord.
Buvons ; de nos efprits remontons le reffort ;
Sans le vin tout languit au ciel & fur la terre.
 *( Ils boivent. )*

## LE DROGUISTE.

Revenons aux Perfans : leur ferons-nous la guerre ?

## Maître GAUTIER.

Moi, je fuis pour la paix ; d'une infurrection,
Qu'eft ce qu'il reviendroit à notre Nation ?

Des malheurs infinis. Quand d'eſtoc & de taille
On vient de s'eſcrimer, ſur un champ de bataille
Oſez, par la penſée, & d'eſprit ſeulement,
Vous tranſporter, Meſſieurs; quel ſpectacle effrayant!
Par-tout du ſang verſé, par tout d'affreux ravages.
Ah! n'en retraçons point les horribles images!
Il en eſt de la guerre ainſi que des procès.
Lorſque s'abandonnant à de facheux excès,
Deux Plaideurs vont d'un Juge implorer l'entremiſe,
L'un en revient tout nud, l'autre reſte en chemiſe.

### Le Savetier CHRISALE.

Il parle comme un livre.

### LE BOULANGER.

Il a toujours raiſon.

### Le Savetier CHRISALE.

Maître Gautier eſt ſage autant que Salomon.

---

# SCENE VI.

### Les Acteurs précédens, GILOTIN.

### GILOTIN, *accourant*.

ENCORE ici, Meſſieurs, lorſqu'une noble élite
D'Ambaſſadeurs qu'eſcorte une nombreuſe ſuite,

A cette heure peut-être arrive dans le port,
Et que toute la Ville accourant sur le bord...

### LE DROGUISTE.

Quoi ! des Ambassadeurs ! quelle étrange nouvelle?

### GILOTIN.

Vous l'ignorez ! La chose est cependant réelle.
C'est un Prince Indien qui les envoie ici :
Il se nomme, je crois, le grand Tipo-Couci.

### Maître GAUTIER.

La Gazette en parloit ; elle n'est point menteuse,
Et jamais on n'y lit une phrase douteuse.
Puisqu'ils sont arrivés, courons aussi les voir :
Unissons nos efforts pour les bien recevoir.
L'Inde, s'il m'en souvient, est peu loin de la Perse.
Nous leur proposerons un traité de commerce.

*Fin du second Acte.*

# ACTE III.

*Même décoration qu'au premier Acte.*

## SCENE PREMIERE.

### M. MACLOT, M. SANDER.

#### M. MACLOT.

L E Conseil auroit tort de le faire arrêter.
C'est un fou qu'il faut plaindre, & non persécuter.

#### M. SANDER.

Mon avis cependant a paru satisfaire
Messieurs nos Conseillers.

#### M. MACLOT.

            Il ne sauroit me plaire.
Tout le Peuple, d'ailleurs, qui n'entend pas raison,
Pourroit de mauvais œil voir Gautier en prison,
Et pour l'en arracher user de violence.
Nous sommes Echevins; consultons la prudence.

## M. SANDER.

Si j'en crois certains bruits, c‡ Gautier en a peu...
On me l'a peint souvent comme un vrai boute-feu,
Qui blâme hautement la Cour, le Ministère;
Qui ne respecte rien, sur rien ne peut se taire.

## M. MACLOT.

Gautier est un bon diable; il n'est point né railleur,
Et sa malignité ne vient pas de son cœur.
Il boit plus qu'il ne faut; & quand sa tête est prise,
Il déraisonne au point d'exciter la surprise
Et l'indignation de chaque Citoyen;
Mais, pour le corriger, je sais un bon moyen.

## M. SANDER.

En est-il d'enchaîner cette langue hardie?

## M. MACLOT.

Il faut, à ses dépens, jouer la comédie.
J'étois dernièrement avec quelques amis,
Que ses discours légers ont souvent compromis.
Je rappelai ses torts : on décida sur l'heure,
Qu'il falloit aussi-tôt aller dans sa demeure,
Et lui persuader qu'au rang de Gouverneur
On l'avoit fait monter : il le croira.

M. SANDER.

                              D'honneur ?
Vous vous imaginez qu'il ait si peu de tête !

M. MACLOT.

Je le connois. Gautier est très-vain, quoiqu'honnête ;
Il a reçu d'ailleurs une lettre de moi
Qui l'assure qu'il vient d'obtenir cet emploi.
Enfin, son amour-propre à tel point le gouverne,
Qu'il n'osera jamais supposer qu'on le berne;
Et comme nous rirons de son aveuglement !
Voulez-vous le premier lui faire compliment ?

M. SANDER.

J'y consens ; mais à quoi servira cette ruse,
A ses dépens, sur-tout, s'il voit que l'on s'amuse ?...

M. MACLOT.

D'une charge importante à peine revêtu,
Gautier de l'exercer n'aura point la vertu.
Il sentira pour lors combien est difficile
L'art du Gouvernement : il faudra qu'il s'exile,
Ou qu'il avoue au moins son incapacité,
Et nous le punirons de sa loquacité.
Le tour sera plaisant. Vous gardez le silence ?
Vous paroissez rêveur ? & moi, j'en ris d'avance.

                                          Ne

Ne perdons pas de temps. Je vous laiffe l'honneur
D'aborder le premier Monfieur le Gouverneur.
Vous voyez fa maifon : frappez.

( *M. Sander frappe.* )

## SCÈNE II.

### GILOTIN, M. MACLOT, M. SANDER.

#### GILOTIN, *ouvrant la porte.*

A cette porte
Qui donc heurte fi fort ? Quel démon vous tranfporte
Etes-vous au Sabat, pour faire un bruit pareil ?.....

#### M. SANDER.

Excufez-nous, Monfieur. Nous venons du Confeil,
Et nous fommes chargés d'apprendre à votre Maître
Une grande nouvelle. Eft-il çéans ?

#### GILOTIN.

Peut-être.
Quelle eft cette nouvelle ? Et pour l'en informer,
J'irai.....

#### M. MACLOT.

Cette nouvelle a droit de le charmer.

D

Inftruit que fes talens peuvent le rendre utile,
Le Confeil l'a nommé Gouverneur de la Ville.

### G I L O T I N.

Gouverneur de la Ville! Il eft chez lui; je vais
Vous l'envoyer, Meffieurs. Gouverneur! quel fuccès!

---

## SCENE III.

### M. MACLOT, M. SANDER.

### M. MACLOT.

COMME, à cette nouvelle étonnante, imprévue,
Dans l'ame du valet la joie eft defcendue!
Il nous croit fermement. Que les hommes font vains!

---

## SCENE IV.

### GILOTIN, Maître GAUTIER, *en habit négligé.*
### M. MACLOT, M. SANDER.

### Mître GAUTIER.

EH quoi! Meffieurs, c'eft vous! ici deux Echevins!
    *( Bas à Gilotin.)*          *( Aux Echevins.)*
Gilotin! ma perruque. —Excufez, je vous prie;
Je ne m'attendois pas que votre Seigneurie

Dût me faire l'honneur.....

### M. MACLOT.

Pourquoi tant de façons ?

### Maître GAUTIER, *à Gilotin.*

Ma perruque, te dis-je, & fur l'heure.

### M. MACLOT.

Abrégeons.

( *Le faluant.* )
Monfieur le Gouverneur, car ce titre eft le vôtre,
De la part du Confeil députés l'un & l'autre,
Nous venons en ce lieu pour vous féliciter
De ce fuprême rang où l'on vous fait monter.
Les biens, pour l'obtenir, furent toujours un titre ;
Et vous en avez peu : mais, équitable arbitre,
Le Confeil a jugé que vos rares talens
Suppléoient la richeffe & valoient mieux.

### Maître GAUTIER.

J'entends.
On a récompenfé feulement mon mérite.

### M. MACLOT.

Jufques à ce moment, votre main fut réduite
A faire des timons, & tel qu'un Potentat,
Vous allez diriger le timon de l'Etat ;

Et si votre talent bientôt se développe,
On vous surnommera le Cocher de l'Europe.

Maître GAUTIER, *gravement.*

Je l'espère; savant dans l'art de gouverner,
De ce que je vais faire on pourra s'étonner;
Et quoique né modeste, il faut que je l'avoue,
Je ferai de l'Etat la principale roue.
A la gloire, au bonheur, je le ferai marcher;
Ses limoniers sous moi n'oseront plus broncher,
& je les forcerai de décrire la courbe,
Sans laquelle toujours un voiturier s'embourbe.
'Allez remercier le Conseil de ma part:
L'intérêt de l'Etat ne souffre aucun retard.
Ce grand Corps, depuis peu, marche vers sa ruine.
La Province, sur-tout, de sa perte est voisine:
Le Commerce y languit; le foible Agriculteur
Y gémit sous les coups du fisc dévastateur.
Je vais de mon côté m'occuper en silence
Des moyens que l'étude, unie à la prudence,
Pourra me suggérer pour finir nos malheurs,
Et réparer les torts de mes Prédécesseurs.

M. SANDER.

Ne nous oubliez pas au sein de votre gloire.

Maître GAUTIER.

Ne craignez rien, Messieurs; j'ai fort bonne mémoire;

Et vous pouvez compter fur ma protection.
Allez, fi j'avois eu la moindre ambition,
Je ferois Gouverneur depuis long-temps, je penfe,
Et, fans étonnement, comme fans arrogance,
Je vois le nouveau grade où je fuis parvenu.
Il faut que tôt ou tard le talent foit connu.
Un inconnu d'ailleurs, digne de mon eftime,
M'ayant écrit tantôt une lettre anonyme,
Qui peut-être me vient de l'un de vous, m'apprend
Qu'aujourd'hui des honneurs on m'a fait le plus grand.
　　( *Faifant quelques pas lorfqu'ils s'en vont.* )
Pardonnez, fi plus loin je ne puis vous conduire.

**M. MACLOT,** *bas à M. Sander.*

Sauvons-nous : je me fens près d'éclater de rire
Au nez du Gouverneur.

## SCENE V.

### Maître GAUTIER, *feul.*

　　　　ALLONS, Maître Gautier !
Réjouis-toi : ton nom dans l'Univers entier
Va bientôt fe répandre ; &, grace à ton génie,
Vont renaître par tout la paix & l'harmonie.
Ah ! ma femme ! ma femme ! il eft temps qu'à la fin
Vous me rendiez juftice ; & votre efprit mutin
Reconnoîtra bientôt.....

　　　　　　D 3

## SCENE VI.

GILOTIN, Maître GAUTIER.

GILOTIN, *lui présentant sa perruque.*

VOTRE perruque?

Maître GAUTIER.

Donne.

*( La posant sur sa tête. )*
Sur ma tête je crois poser une couronne.
Cours avertir ma femme, & pour se rendre ici,
Dis-lui de tout quitter; mais telle..... la voici:
Je vais lui raconter cette grande nouvelle.

## SCENE VII.

PAPELINE, Maître GAUTIER, GILOTIN.

Maître GAUTIER, *à Papeline.*

SUIS-JE encore à tes yeux un homme sans cervelle?
Un rêve-creux, un fou, qui ne sait ce qu'il dit?
Réponds, ma chère femme: ai-je perdu l'esprit?

### PAPELINE.

Etrange queſtion ! Jamais tu n'en eus guère,
Et de le répéter eſt-il ſi néceſſaire ?
Oui, je crois qu'il n'eſt pas de plus grand fou que toi.

### Maître GAUTIER.

Tu le crois fermement ? Eh bien, regarde-moi.
Rougis de ton erreur ; ſur-tout change de ſtyle :
On vient de me nommer Gouverneur de la Ville.

### PAPELINE.

Toi, Gouverneur !

### Maître GAUTIER.

Moi-même ; & tes doutes ſont vains.
N'as-tu pas vu d'ici ſortir deux Echevins ?

### PAPELINE.

Je les ai rencontrés au détour de la rue.

### Maître GAUTIER.

Ils me quittoient : mon ame eſt encor toute émue
De ce qu'ils m'ont appris. Le Conſeil, ce matin,
M'a nommé Gouverneur, & rien n'eſt plus certain.

PAPELINE.

Mon mari, ces Meſſieurs, voulant faire une épreuve,
Se ſont moqués de toi.

Maître GAUTIER.

Faut-il une autre preuve?

( *Lui donnant une lettre.* )

Lis cette lettre; elle eſt, je crois, d'un Conſeiller,
Incapable de feindre ainſi que de railler;
Et puis, ne vois-tu pas ce ruban long d'une aune,
Où pend un grand cachet ſur de la cire jaune?
Penſes-tu qu'on plaiſante en écrivant ainſi?

PAPELINE, *revenant comme d'un long ſommeil.*

Ouais! Seroit-il vrai? que veut dire ceci?
Les Echevins, la lettre..... Ah! mon ami, pardonne!
Je n'en puis plus douter; c'eſt moi qui déraiſonne.

( *A Gilotin.* )

Si les deux Echevins en ces lieux ſont venus,
Réponds-moi, Gilotin, tu dois les avoir vus?

GILOTIN.

Eh, parbleu! c'eſt à moi qu'ils ont dit la nouvelle,
Qui vous paroît douteuſe & me ſemble ſi belle.

PAPELINE, *aux genoux de Maître Gautier.*

Ah! qu'ai-je fait tantôt? ..... me le pardonnes-tu,
Mon cher petit mari?

Maître GAUTIER.

Quoi donc?

PAPELINE.

Je t'ai battu.

Maître GAUTIER, *la relevant.*

Lève-toi, j'aime mieux être battu que d'être.....
Tu m'entends ?.....

(*A Gilotin.*)

Ne m'appelles plus Maître.
Dès qu'un homme s'élève au rang de Gouverneur,
Ses gens doivent sur-tout l'appeler Monseigneur.
C'est mon titre à présent : ainsi, qu'il t'en souvienne.

GILOTIN.

Oui, Maître.

Maître GAUTIER.

Le butor! quelle rage est la tienne
De toujours oublier ?.....

GILOTIN.

Excufez, Monfeigneur.
De vous nommer ainfi j'aurai toujours l'honneur.

Maître GAUTIER.

A merveille. Gautier eft mon nom de famille ;
Ce nom me fait confondre avec Gautier Garguille :
Il eft commun, ignoble, & je dois le changer,
En prendre un plus fonore, ou du moins l'alonger;
Car c'eft une remarque affez aifée à faire,
Qu'on alonge fon nom en étendant fa fphère.
J'augmente donc le mien d'une fyllabe ou deux :
Gautierri? Gautierfaint? lequel aimez-vous mieux?

GILOTIN.

Je fuis pour Gautierfaint.

PAPELINE.

Gautierri me tranfporte.

Maître GAUTIER.

Allons, fur Gautierfaint que Gautierri l'emporte!
Souvenez-vous tous deux de me gautierrifer,
Et qu'il faut avant tout me monfeigneurifer.

PAPELINE & GILOTIN, *ensemble.*

Nous n'y manquerons pas.

Maître GAUTIER.

    Au milieu de ma joie ,
Croiriez-vous qu'aux chagrins je sens mon ame en proie ?
Et qu'un trouble secret l'agite en ce moment ?

PAPELINE.

Quoi ! lorsque tout conspire à mon contentement !...

Maître GAUTIER.

J'ai deux ou trois Garçons pour faire mon service ;
Ce n'est pas trop. D'ailleurs, il me faudroit un Suisse.

PAPELINE.

Pour le Suisse , aisément on en peut trouver un.
Il suffit d'un valet ayant le sens-commun,
Qui ne laisse jamais entrer la populace ,
Et Gilotin est propre à remplir cette place.
Il faut, si Monseigneur approuve mon avis ,
L'affubler promptement de l'un de vos habits.

Maître GAUTIER, à *Gilotin.*

Oui, va quérir celui que je mets les Dimanches ;
Il m'en faut un plus riche : il a de grandes manches,

Il te donnera l'air qu'un Suiſſe doit avoir.

### G I L O T I N.

Oui, Monſeigneur; j'y cours.

---

## S C E N E  V I I I.

### PAPELINE, Maître GAUTIER.

### Maître G A U T I E R.

QUANT à moi, dès ce ſoir,
Je veux que mon Tailleur cherche dans ſa boutique,
Et m'apporte ſur l'heure un juſte-au-corps antique.
Il faut qu'un Gouverneur ſoit gravement vêtu;
Son habit quelquefois fait toute ſa vertu.
( *Regardant autour de ſoi.* )
Puiſque nous ſommes ſeuls, ma chère Papeline,
Souffre qu'en peu de mots ton époux t'endoctrine,
Et que du ſavoir-vivre il t'enſeigne les Loix.
Ton caractère eſt bruſque & ton maintien bourgeois;
Il faut les réformer, être polie, honnête,
Mais avec dignité; ſans trop baiſſer la tête,
Faire légèrement une inclination,
Et promettre l'honneur de ta protection.
Cette ſcience-là n'eſt point un art frivole.
Allons, redreſſe-toi; joue un moment ton rôle,
Fais quelques pas.

PAPELINE, *se rengorge & marche.*

Fort bien ! C'est un léger travail,
Qui te coûtera peu. Tu n'as point d'éventail ?
Il en faut un, & même une petite chienne :
C'est l'usage à présent ; chaque femme a la sienne.
La tienne, unique objet de tes soins complaisans,
Te tiendra plus au cœur que moi, que tes enfans.

PAPELINE.

Que mes enfans ! Voilà certes un sot usage !

Maître GAUTIER.

Tu feindras seulement de l'aimer davantage.
Pour ressembler enfin aux gens de qualité,
Il faut les imiter dans leur frivolité,
Copier leurs travers, & de plus leur délire ;
Et puis, un petit chien, quand on n'a rien à dire,
Sert à renouveller la conversation.
Il attire les yeux, fixe l'attention ;
On raconte en riant ses bons tours, ses prouesses ;
On cite avec plaisir toutes ses gentillesses,
Et quand sur le prochain les Dames ont tout dit,
Une bête à propos réveille leur esprit.

PAPELINE.

J'en conviens, & sur l'heure il faut que je t'apporte
Le gros vilain mâtin qui veille à notre porte,

Et qu'à toi le premier je le donne à baiser.

### Maître GAUTIER.

Il est temps de s'instruire, & non de s'amuser.
Ecoute : tu connois à peine le langage
Des Dames du grand monde, & dans le charronage
On ne s'exprime pas aussi bien qu'à la Cour,
Ces Dames à des riens donnent un joli tour :
Leur jargon embellit les plus petites choses,
Et couvre chaque objet de la couleur des roses.
Cet art ingénieux n'est pas connu de toi :
Il faut donc parler peu : c'est une dure loi,
Sur-tout pour une femme à jaser disposée,
Et ton sexe la trouve à suivre mal-aisée.
Le silence pourtant met les sots en crédit,
Et les fait quelquefois passer pour gens d'esprit :
Imite leur prudence, & de la même gloire
Tu jouiras bientôt : je me plais à le croire.

### PAPELINE.

J'aime à le croire aussi : tes conseils, Monseigneur,
Montrent de ton esprit toute la profondeur :
Je goûte à les entendre un plaisir incroyable,
Et j'en profiterai, pour me rendre agréable
Aux gens de tout état qui chez nous vont venir ;
Poursuis donc, Monseigneur.

### Maître GAUTIER.

Je dois te prévenir

Qu'il feroit maintenant contraire au bel ufage,
De te lever matin. Pour vaquer à l'ouvrage,
Tu devances l'aurore, & rien n'eft plus bourgeois.
Que le Peuple obéiffe à ces pénibles lois ;
C'eft fon devoir : le tien, grace à ma deftinée,
Eft de refter au lit toute la matinée,
D'y goûter à loifir les douceurs du fommeil,
Et de ne fuivre plus la marche du foleil.

### PAPELINE.

Je l'aime cependant : il m'échauffe & m'éclaire.

### Maître GAUTIER.

N'importe, le foleil eft fait pour le vulgaire,
Pour le peuple, en un mot ; les gens de qualité
Tiennent à grand honneur d'éviter fa clarté.
Au refte, jufqu'ici mari tendre & fidelle,
Avec toi j'ai couché...

### PAPELINE.

                    Je t'entends, bagatelle !
Si tu n'y couches plus, penfes-tu me punir ?
Quand nous fommes au lit, tu ne fais que dormir;
Tu devrois cependant au nœud qui nous raffemble....

### Maître GAUTIER.

Les gens de qualité ne couchent point enfemble ;

Et quand le fort m'élève & me rend leur égal,
Puis-je encore songer au lien conjugal ?

### PAPELINE.

Passons : encore un coup, je n'en suis point fâchée ;
Et seule dans mon lit je serai mieux couchée.
Je travaille le soir ; j'arrange la maison.

### Maître GAUTIER.

Tous les soins que tu prends ne sont plus de saison.
Il faudra désormais recevoir compagnie,
Jouer ou converser ; Honorine est jolie :
Elle est sage ; je veux qu'elle garde ses mœurs,
Et qu'ici néanmoins vous fassiez les honneurs
Quand je n'y serai pas ; que vous cherchiez à plaire ;
Et qu'on respecte ensemble & la fille & la mère.
Fais-lui part, dès ce jour, de mes intentions :
Instruis-la bien de tout, &, d'après mes leçons,
Qu'elle tienne son rang en noble Demoiselle.
Louis Gérard éprouve un vif amour pour elle ;
Si de le partager elle avoit le malheur,
Fais-l'en rougir, ma chère, & guéris son erreur.
Gérard moins que jamais a le droit d'y prétendre.
Ma fille jusqu'à lui pourroit-elle descendre,
Sans exposer son père à la honte, au mépris ?
Non, je veux tout au moins qu'elle épouse un Marquis :
Mais voici Gilotin, sa nouvelle parure
Ne lui sied pas trop mal.

SCÈNE

## SCENE IX.

GILOTIN, *avec l'habit de son Maître*, PAPELINE,
Maître GAUTIER.

#### PAPELINE.

COMPOSE ta figure:
Prends l'air grave, imposant : imite mon époux.
( *Gilotin se rengorge.* )
A merveille, & ne laisse arriver jusqu'à nous
Que les gens à carrosse, à brillans équipages,
Que les gens du bel air escortés par des Pages.

#### GILOTIN.

Oui, Madame.

#### Maître GAUTIER.

Et pourquoi cet ordre singulier ?
Ne puis-je recevoir l'honnête roturier
Qui viendra m'implorer au nom de la Justice ?

#### PAPELINE.

Non, je ne pense pas qu'un Gouverneur le puisse.
Il faut qu'un Gouverneur garde son quant à soi,
Qu'il n'ait rien de commun avec le Peuple.

E

Maître G A U T I E R.

Et moi,
Je pense le contraire. Alors qu'il est en place,
Un Grand doit à chacun faire justice ou grace.
C'est son premier devoir, & je le remplirai.
( à *Gilotin.* )
J'y suis pour tout le monde, entends-tu? Je verrai
Qui viendra pour me voir, & je réponds d'avance
Qu'à toute heure on pourra demander audience.
Puis-je oublier jamais que je fus malheureux?
J'ai souffert, je dois être humain & généreux.

P A P E L I N E.

Fais donc prompte justice au Savetier Chrisale
Qui, tantôt s'emportant avec tant de scandale,
Devant toi m'a battue, & venge mon affront.
Il est notre voisin; d'un pas léger & prompt,
Gilotin se rendra dans son humble demeure,
Et peut le faire ici comparoître sur l'heure.
Commence, Monseigneur, par punir ce maraut:
Il l'a bien mérité.

Maître  G A U T I E R.

Quoi! ma femme! si tôt
Tu veux que je punisse. Oh! non, par la clémence,
Malgré ta juste plainte, il faut que je commence.
A ton ressentiment pourquoi t'abandonner?
Il est, quand on le peut, si doux de pardonner!

PAPELINE.

Pardonner à celui de qui la main trop sûre
A laissé sur ma chair plus d'une meurtrissure !
Monseigneur mon mari, je t'en prie à genoux,
Qu'il sente les effets de mon juste courroux !

Maître GAUTIER.

Eh bien, soit; Gilotin, dis-lui que je le mande,
Et que sur l'heure il faut qu'en ces lieux il se rende.

GILOTIN.

J'obéis, Monseigneur.

## SCÈNE X.

PAPELINE, Maître GAUTIER.

Maître GAUTIER.

Lorsque tu m'as battu
Je t'ai pardonné moi : te le rappelles-tu ?

PAPELINE.

Assurément.

Maître GAUTIER.

Eh bien ! j'ai fait une bévue :
Tu ne pardonnes point celui qui t'a battue ;

Dans ton reſſentiment tu ſembles perſiſter :
Ton exemple m'entraîne, & je dois l'imiter.

( *Il la bat.* )

PAPELINE.

Ah ! traître ! ah ! ſcélérat !

Maître GAUTIER, *la battant toujours.*

Oubliras-tu l'injure
Que t'a faite Chriſale ?

PAPELINE.

Oui, oui ; je te le jure.

Maître GAUTIER, *ceſſant de la battre.*

Mille excuſes, mamour ! & ne t'en prends qu'à toi,
Si j'ai du Talion exécuté la loi.
Elle eſt juſte, il eſt vrai ; mais elle eſt rigoureuſe :
Montre donc déſormais une ame généreuſe :
Réprime ta colère, & connois le danger
Où par fois on s'expoſe en voulant ſe venger.
De l'Etre Tout-Puiſſant imite la clémence,
Et ſache pardonner : mais Chriſale s'avance.

## SCENE XI.

PAPELINE , Maître GAUTIER , CHRISALE ,
GILOTIN.

### Le Savetier CHRISALE.

A QUOI penſes-tu donc , mon cher ami Gautier?
Tu ne me fais venir que pour me châtier,
Pour me parler en maître ; & ſi je dois en croire
Ton valet Gilotin, au comble de la gloire
On vient de t'élever, en te faiſant l'honneur....

### Maître GAUTIER , *avec une dignité burleſque.*

De la Ville , en effet, je ſuis le Gouverneur ?
Oui , Chriſale, & je dois ce rang à ma ſcience
Dans l'art de gouverner. Ta propre expérience
Auroit pu t'éclairer ſur cet évènement ,
Et te guérir au moins de ton étonnement.
Dans le club politique où ſouvent nous raſſemble
La noble paſſion de raiſonner enſemble
Sur le ſort des Etats & ſur les Souverains.
Tu fus le confident de mes vaſtes deſſeins,
Et je t'ai vu ſouvent admirant ma logique,
Me décerner le nom de penſeur énergique,
Le Conſeil de la Ville également frappé
Du génie étonnant que j'ai développé,

Vient de me confier l'autorité suprême,
Et je l'exercerai. Je ferai plus : je t'aime,
Et les honneurs chez moi n'ont point changé les mœurs.
Tu m'appelles ami. Parmi les grands Seigneurs
Ce titre est peu connu : leur orgueilleuse audace
A ce titre en leur cœur ne laisse point de place.
Loin de les imiter, je prétends aujourd'hui
Prouver que j'en suis digne en te servant d'appui,
Et que de Gouverneur la charge m'étoit due.

*( Montrant Papeline. )*

Vois-tu ma femme ici ? Tu l'as tantôt battue :
Elle s'est plainte à moi de ta brutalité,
Et veut qu'on te punisse avec sévérité.
Si je mettois ma gloire ou mon plaisir à nuire,
En prison, à l'instant, je te ferois conduire,
Et je la vengerois sans blesser l'amitié ;
Mais docile à la voix d'une noble pitié
J'oublie, en ce moment, ton crime & ma puissance :
Je te pardonne enfin, & voilà ma vengeance.
En public cependant rends-moi ce qui m'est dû.
Tout commerce entre nous doit être suspendu :
Ce n'est point par orgueil que j'en fais la remarque ;
Mais je suis devenu presqu'égal au Monarque ;
Et quoique l'amitié toujours parle à mon cœur,
J'étois Maître Gautier, & je suis Monseigneur.

*( A Papeline. )*

Retirons-nous, ma femme, & venez avec zèle
Partager les devoirs où ma place m'appelle.

PAPELINE, *à Chrifale, en s'en allant.*

Rends grace à Monfeigneur de fa rare bonté,
Comme fans lui déjà ma main t'auroit frotté!

( *Gilotin paffe fièrement devant Chrifale, & s'établit,*
*à la manière des Suiffes, à la porte de fon Maître.* )

## SCENE XII.

GILOTIN, *fur le feuil de la porte,* le Savetier
CHRISALE.

Le Savetier CHRISALE.

Son air & fes difcours viennent de me confondre
A tel point, que d'abord je n'ai pu rien répondre.
Sur tout ce qu'il m'a dit, je voudrois m'éclaircir.
( *S'avançant vers la porte.* )
Suivons fes pas : entrons.

GILOTIN, *contrefaifant le jargon d'un Suiffe.*

Que temante Monfir ?

Le Savetier CHRISALE.

Maître Gautier ; il faut qu'avec lui je m'explique.

E 4

GILOTIN.

Parlir toi poliment: autrement, moi t'applique
Un soufflet sur ton joue.

Le Savetier CHRISALE.

Eh bien ! à Monseigneur
Pourrois-je demander?....

GILOTIN.

Toi n'avoir cet honneur
Qu'en tirant de ton poche un petite piſtole.

Le Savetier CHRISALE.

Eh mon Dieu ! je n'ai pas ſeulement une obole.

GILOTIN, *lui fermant la porte au nez.*

Eh bien, entrir dehors.

Le Savetier CHRISALE, *ſeul.*

Il remplit ſon emploi
En vrai Suiſſe. Gautier eſt Gouverneur, ma foi !
Son diſcours avoit l'air tout-à-fait véridique;
Et voilà ce que c'eſt que d'être un Politique.

*Fin du troiſième Acte.*

# ACTE IV.

*Même décoration qu'au second Acte.*

## SCENE PREMIERE.
### GILOTIN, *seul.*

MONSEIGNEUR Gautierri dit que pour tout le monde
Il veut être céans, & sur moi seul il fonde
L'espoir de voir en tout suivre ses volontés.
Mes projets cependant, pour être exécutés,
Ne s'accordent pas trop avec ce qu'il demande.
Il faut pour s'enrichir faire la contrebande,
Tromper, jouer d'adresse; & comme un autre enfin
Je conduirai ma barque.

## SCENE II.
### HONORINE, GILOTIN.
#### HONORINE, *désespérée.*

AH! quel est mon destin!
Que je suis malheureuse! & que cette journée,
Qui comble tant de vœux, me rend infortunée!

GILOTIN.

Qu'eſt-ce donc que j'entends, Mademoiſelle? eh quoi!
Vous pleurez, quand je ris? Ah! plutôt avec moi
Riez, chantez, danſez. Monſeigneur votre père.....
Vous le ſavez.

HONORINE.

Et c'eſt ce qui me déſeſpère.

GILOTIN.

Comment! vous m'étonnez!

HONORINE.

J'aimerois mieux cent fois
D'un ſimple Payſan, ou d'un obſcur Bourgeois,
Avoir reçu le jour, & prendre en mariage
Celui que mon cœur aime.

GILOTIN.

Ah! j'entends ce langage.
C'eſt le deſir d'avoir promptement un époux
Qui cauſe vos chagrins? Eh bien, raſſurez-vous.
Je penſe que pour un, vous en trouverez mille.
Il n'eſt pas de jeune homme à préſent dans la Ville.
Qui n'aſpire à l'honneur d'obtenir votre main,
Et de vous épouſer ne forme le deſſein.

Fille d'un Gouverneur, vous avez tout pour plaire.

### HONORINE.

Laiſſez-là ce diſcours, qui me met en colère.
Il n'eſt plus temps de feindre ou de rien déguiſer.
C'eſt Gérard ſeul que j'aime, & je dois l'épouſer.
Je l'ai promis, d'ailleurs.

### GILOTIN.

Un Tailleur ! quelle idée !
Fi donc, Mademoiſelle ! Etes-vous décidée
A compromettre ainſi votre nouvel état ?
Il vaudroit mieux cent fois garder le célibat.
Au reſte, maintenant notre pouvoir eſt large,
Et Gérard, grace à nous, obtiendra quelque Charge
Qui le fera ſortir de ſon obſcurité.
Attendez, croyez-moi, qu'il monte en dignité
Pour lui donner la main. C'eſt un garçon que j'aime ;
Je le protégerai.

### HONORINE.

Quelle impudence extrême !
Comme chez les valets peu de choſe ſuffit
Pour les énorgueillir & leur tourner l'eſprit !
( *Avec fierté.* )
Toi protéger l'amant qu'a choiſi ma tendreſſe !

### GILOTIN.

Pourquoi non ? vous l'aimez, je ſens qu'il m'intéreſſe ;

Et chez les grands Seigneurs le Suiſſe, quelquefois ;
A beaucoup de crédit. Mais, qu'eſt-ce que je vois ?
C'eſt Madame Gautier, ſuperbement vêtue,
Et que mon œil d'abord n'avoit point reconnue.

## SCENE III.

HONORINE, PAPELINE, *vue ridiculement*, GILOTIN.

PAPELINE *à Honorine.*

DE toute part, ici, pour nous féliciter ;
On va bientôt venir : il faut vous ajuſter,
Vous parer comme au jour d'une cérémonie,
Et revenir ici joindre la compagnie,
Si tôt que vous aurez changé de vêtement.

HONORINE, *avec embarras.*

Mais, ma mère.....

PAPELINE.

Ma mère, étrange entêtement !
Ne vous ai-je point dit de m'appeler Madame ?
Ce titre qu'à bon droit maintenant je réclame
Ecorche-t-il la bouche ? &, ſans vous efforcer,
Ne pouvez-vous enfin toujours me l'adreſſer ?

## HONORINE.

Madame, pardonnez. Du tendre nom de mère
Jufques à ce moment mon amitié fincère
Vous défigna toujours, & je ne croyois pas
Qu'il eût pour votre cœur perdu tous fes appas.

## PAPELINE.

Depuis que votre père à fon rare génie
Doit le rang qu'il occupe, avec la bourgeoifie,
Il eft honteux d'avoir le plus foible rapport,
Et les bourgeois d'ailleurs....

## HONORINE.

    Je conviens que j'ai tort.
Ces gens à qui pourtant vous femblez faire injure,
Les Bourgeois ont toujours le ton de la nature.

## PAPELINE.

Leur ton, Mademoifelle, eft commun & groffier :
C'eft celui de la Cour qu'il faut étudier.
Ce ton eft maintenant le feul qui vous convienne.
Formez votre conduite, en un mot, fur la mienne.
Allez.

## HONORINE.

J'obéirai.
     ( *à part.* )
    Mais qu'il m'en coûte cher !
La douleur me fuffoque : il faut la lui cacher.

## SCENE IV.

### PAPELINE, GILOTIN.

#### PAPELINE.

S'IL vient des importuns, d'ici tu les écartes,
N'est-ce pas?

#### GILOTIN.

Oui, Madame.

#### PAPELINE, *tirant des cartes de sa poche.*

Eh bien, voici des cartes.
Monseigneur mon mari m'ordonne de jouer,
Et de moi sur ce point comme il va se louer !
Etends sur cette table un tapis.

#### GILOTIN, *fièrement.*

Mais, Madame,
Contre cet ordre-là souffrez que je réclame.
Un Suisse n'est pas fait pour un pareil emploi :
Il doit ouvrir la porte ou la fermer.

#### PAPELINE.

Et moi,

Je veux qu'en attendant qu'ici l'on te feconde,
Tu fois mon factotum. Il va venir du monde :
Allons, dépêche-toi; ne perds pas un inftant;
Obéis, & fur-tout ne raifonne pas tant.

### GILOTIN.

Mon emploi véritable eft de garder la porte.

*( A peine il a étendu un tapis fur la table qu'on heurte à la porte à plufieurs reprifes. )*

Vous entendez qu'on frappe, & non pas de main morte.
Je cours ouvrir, Madame, & voilà mon métier.

---

## SCENE V.

### GILOTIN, PAPELINE, UNE FEMME DU PEUPLE.

### LA FEMME.

On m'a dit que que céans reftoit Maître Gautier.

### GILOTIN, *ricanant.*

Maître Gautier! Comment! vous ignorez encore !...

### PAPELINE, *à Gilotin.*

Laiffe-la s'expliquer.

### GILOTIN, *à part.*

Volontiers. La pécore !

LA FEMME.

Je suis la femme, moi, d'un Maître Charbonnier.

PAPELINE, *avec hauteur.*

Je le crois, & n'ai pas dessein de le nier.
Mais que demandez-vous?

LA FEMME.

[Une assez forte somme
Que, depuis quelque temps, Gautier doit à notre homme
Pour du charbon vendu.

PAPELINE, *du même ton.*

Ma mie, écoutez-moi.
Mon mari vous paiera, plus que jamais, je croi;
Il va devenir riche, & sa première étude
Sera de mettre fin à votre inquiétude.
Mais il vient de monter au rang de Gouverneur;
C'est le choix du Conseil. Sachez que Monseigneur
Travaille, en ce moment, aux plus grandes affaires,
Et ne peut s'occuper de semblables misères:
Vous reviendrez tantôt.

LA FEMME.

L'ai-je bien entendu?
Eh quoi! je viens ici pour réclamer mon dû,

Et

Et de moi l'on se moque? Et l'on me congédie?
Et ces gens avec moi jouant la comédie,
Ne se contentent pas de ne me point payer,
En face tous les deux m'osent injurier?

### PAPELINE.

Vous pourriez à la fin lasser ma patience.
Retirez-vous, ma Bonne.

### LA FEMME.

      Avec quelle insolence
Elle me traite encore!

### PAPELINE.

     Allons, retirez-vous.
Vous pouvez au Conseil vous plaindre contre nous.
Monseigneur y sera, qui vous fera justice.

---

## SCENE VI.

### GILOTIN, PAPELINE, LA FEMME DU PEUPLE, UN DOMESTIQUE.

### LE DOMESTIQUE, à *Gilotin*.

DE Monseigneur Gautier n'êtes-vous pas le Suisse?

### GILOTIN, à *part*.

Comme l'on reconnoît déjà ma dignité!
  ( *A la Femme.* )
Vous le voyez, ma Bonne: est-ce la vérité

F

Que l'on vient de vous dire? Allons, sans plus attendre;
( *La pouſſant dehors.* )    ( *Au Domeſtique.* )
Délogez. Monſeigneur eſt prêt à vous entendre.
Que voulez-vous de lui ?

### LE DOMESTIQUE.

Pour le complimenter ;
Deux Dames en ce lieu voudroient ſe préſenter.

### PAPELINE.

Qu'elles entrent. Je crois que mon mari travaille ;
Et je le ſuppléerai, du moins vaille que vaille.

## SCENE VII.

GILOTIN, PAPELINE, Madame MACLOT ;
Madame SANDER.

Madame MACLOT, *avec des tranſports exagérés.*

AH ! Madame, la joie & le raviſſement
Nous mènent à vos pieds en cet heureux moment.
Nous venons exprimer les tranſports de notre ame.
Monſieur Gautier eſt donc Gouverneur ?

PAPELINE, *d'un ton cérémonieux.*

Ah ! Madame !

Madame S A N D E R.

Si-tôt que je l'ai fu, j'ai volé près de vous.
Que je fens de plaifir qu'enfin à votre époux
On ait rendu juftice !

P A P E L I N E.

Ah ! Madame !...

Madame M A C L O T.

Eft-il homme
Qui foit plus méritant, de Paris jufqu'à Rome ?
Il fait la Politique ;

Madame S A N D E R.

Et fur le bout du doigt.
Pour fes rares talens le Monde eft trop étroit :
Il pourroit gouverner les Etats de la Lune.

Madame M A C L O T.

Même ceux du Soleil.

P A P E L I N E, *à part.*

Leur caquet m'importune.
( *haut.* )
Gilotin, des fauteuils. Pourquoi refter debout ?
Mefdames, il faudroit vous affeoir.

F 2

Madame S A N D E R.

Point du tout.
Je n'oferai jamais prendre cette licence.

Madame M A C L O T.

Je ne m'afliérai point devant votre Excellence :
Je fais trop le refpect que je lui dois.

P A P E L I N E.

Eh bien !
On ne peut pas toujours foutenir l'entretien :
Mefdames, jouez-vous ?

Madame S A N D E R.

La demande eft honnête.
Quelquefois.

P A P E L I N E, *rapidement.*

L'as qui court ? la triomphe ? la bête ?
Ces trois jeux ont pour moi des charmes ravifláns.

Madame MACLOT, *bas, & à double entente, à*
*Madame Sander.*
La bête !

P A P E L I N E.

Elle a des coups tout-à-fait amufans.
Des cartes, Gilotin.

Madame SANDER.

J'aime mieux le quadrille ;
C'eſt mon jeu favori quand je ſuis en famille ;
Et ſi Madame veut.....

PAPELINE.

Nous le jouerons à trois,
N'eſt-ce pas ? mais ce jeu n'eſt-il pas trop bourgeois ?

Madame MACLOT, *bas à Madame Sander.*

Faire un quadrille à trois !
( *Haut à Papeline.* ) Le quadrille, Madame,
Se joue à quatre.

PAPELINE.

A quatre ! eh bien ! j'en ai dans l'ame
Un plaiſir véritable. Il le faut avouer,
La bête me plaît fort, & j'aime à la jouer.

Madame MACLOT, *à Madame Sander.*

Nous le voyons.

PAPELINE.

Pourtant il faut vous ſatisfaire ;
Et je me ſacrifie au deſir de vons plaire.

Le quadrille demande un quatrième acteur ;
Je vais chercher ma fille, & nous aurons l'honneur
De revenir ici faire votre partie.

Madame **SANDER**, *faisant la révérence.*

Quel excès de bonté !

**PAPELINE**, *avec une politesse gauche.*

Point de cérémonie.
Je vous quitte à l'instant pour vous rejoindre.

**GILOTIN**, *à part.*

Et moi,
Je vais, sans plus tarder, vaquer à mon emploi.

---

# SCENE VIII.

Madame **MACLOT**, Madame **SANDER**.

Madame **MACLOT**, *riant.*

JOUEZ-VOUS l'as qui court ?

Madame **SANDER**.

Ah ! ma sœur, quel délire !
Et que nous faisons bien l'une & l'autre d'en rire !

Madame M A C L O T.

Quels airs, en nous voyant, la bonne femme a pris !
Quel maintien ! quel langage, & sur-tout quels habits !
Si l'une de nous deux alloit ainsi vêtue,
Comme tous les enfans la suivroient dans la rue !
De tous les Parvenus l'orgueil est le défaut ;
Il est même souvent chez les gens comme il faut.
Mais qu'au sein du bonheur le Peuple est ridicule !
Et que la vanité le rend sot & crédule !
Nos maris, je le vois, avoient tous deux raison,
Lorsque, pour gouverner, ils ont pris un Charron :
C'étoit le vrai moyen d'avoir la comédie,
Et de nous la donner.

Madame S A N D E R.

     Leur trame est bien ourdie.
Nous pourrions cependant la faire découvrir,
Si de ces lieux, ma sœur, nous tardions à sortir.
Il faut nous retirer.

Madame M A C L O T.

     Si-tôt ! c'est bien dommage !
Je n'ai point assez ri.

Madame S A N D E R.

      Vous rirez davantage
Quand nous serons dehors. Je crains votre gaîté,
Et que Maître Gautier par vous désenchanté

Ne s'apperçoive enfin que de lui l'on s'amuse.
Pour nous justifier, nous n'aurions point d'excuse.
Pourquoi faire échouer le plus heureux dessein?

Madame MACLOT.

Sachons auparavant ce que veut Gilotin.

---

## SCENE IX.

GILOTIN, Madame MACLOT,
Madame SANDER.

### GILOTIN.

MESDAMES, du logis on assaille la porte :
Depuis quelques instans la foule s'y transporte,
Et j'en ai rendu compte à Monseigneur.

Madame MACLOT.

Eh bien !
Que prétend Monseigneur ?

GILOTIN.

Pardonnez, si je vien
Vous prier de sortir. Cette grande affluence
Attend de Monseigneur une prompte audience ;
Et Monseigneur, jaloux de faire son devoir,
Va bientôt, m'a-t-il dit, ici la recevoir.

Madame SANDER, *à Madame Maclot.*

Il est clair à présent que Monseigneur nous chasse.
Profitons de l'avis, & cédons lui la place.
Nous vous remercions de l'avertissement.

## SCENE X.

### GILOTIN, *seul.*

MON Maître veut qu'ici je reste en ce moment,
Que je l'aide à juger les causes difficiles.
Je suis un ignorant ; mais quoi ! les plus habiles
Ne sont-ils pas sujets à faire de faux pas ?
A l'Audience, au moins, je ne dormirai pas.

## SCENE XI.

Maître GAUTIER, *avec un habit antique &*
*ridicule ,* GILOTIN.

### Maître GAUTIER.

QUE chacun à son tour devant moi comparoisse !
Voici mon tribunal.
    ( *Il s'assied dans un fauteuil près d'une table.* )
                Je t'invoque, ô Sagesse !
Fais que la Vérité s'explique par ma voix,
Et que tous mes Arrêts soient conformes aux Loix.

## SCENE XII.

#### Maître GAUTIER, LE SYNDIC DES CHAPELIERS.

GILOTIN, *d'un ton ampoulé, au Syndic qui est
encore à la porte.*

Syndic des Chapeliers, avancez, & sans crainte
Aux pieds de Monseigneur déposez votre plainte.

#### LE SYNDIC.

Ah! Monseigneur, daignez nous venger d'un fripon
Qui veut nous ruiner.

#### Maître GAUTIER.

　　　　　　　Oui, j'en ferai raison.
Expliquez votre cause.

#### LE SYNDIC, *lui présentant un papier.*

　　　　　　　Elle est ici déduite
Sommairement.

#### Maître GAUTIER.

　　　　Fort bien! j'aime qu'on aille vîte.

#### LE SYNDIC.

Quatre pages en tout la disent clairement.

Maître G A U T I E R.

Et c'eſt-là, ſelon vous, parler ſommairement ?
Liſez : qu'attendez-vous ?

LE SYNDIC.

Je ſais à peine lire,

Et je crains...

Maître G A U T I E R, *à Gilotin.*

Lis donc toi....

G I L O T I N.

Je ſais fort bien écrire ;

Mais je lis aſſez mal.

Maître G A U T I E R.

Lis toujours.

G I L O T I N.

Monſeigneur !

On frappe.

Maître G A U T I E R.

Va donc voir.

## SCENE XIII.

Maître GAUTIER, LE SYNDIC, GILOTIN, UN MARCHAND.

### LE MARCHAND.

POURRAI-JE avoir l'honneur
De me défendre ici devant sa Seigneurie ?

### GILOTIN, à *Maître Gautier*, *montrant le Marchand.*

Ce Marchand, du Syndic est l'adverse Partie.

### Maître GAUTIER.

Qu'il reste. Lis d'abord la plainte du Syndic.

### GILOTIN.

J'épellerai fort bien : mais lire, c'est le hic.
(*Lisant avec peine & d'une manière ridicule.*)
Très - noble, très - savant & très - honorable
Gouverneur,
Moi soussigné Syndic, indigne de la très - renommée Communauté des Chapeliers de cette Ville, me présente ; & après avoir fait mes respectueux & tendres complimens de félicitation au digne Citoyen qui.....

Maître GAUTIER.

Paſſe les complimens.

GILOTIN, *continuant de lire.*

Voici l'affaire : c'eſt que les Marchands de cette Ville tiennent impunément dans leurs boutiques des pièces entières de certaines ſortes de drap faites avec du poil de caſtor, & pouſſent la témérité juſqu'à faire faire des bas de même matière. De-là il arrive que nous autres, pauvres Chapeliers, ne pouvons plus acheter, même à force d'argent, le caſtor dont nous avons beſoin pour nos ouvrages, & que les gens de la campagne, & ceux même de la ville, ne peuvent plus nous donner pour nos chapeaux, la ſomme de neuf ou dix livres comme ci-devant ; ce qui nous porte un notable préjudice.

Il appert donc par les cinquante articles que je vais mettre ſous les yeux de Son Excellence ; il appert, dis-je, que nous Chapeliers avons ſeuls le droit de travailler le caſtor.

1°. Par l'Hiſtoire....

Maître GAUTIER.

Main-baſſe ſur l'Hiſtoire.

GILOTIN, *continuant de lire.*

2°. Par les témoignages rendus en Juſtice par

Pierre, fils de Jean, qui peut fe reſſouvenir que
l'aïeul de ſon grand'père a dit.....

Maître GAUTIER.

Saute à pieds joints l'aïeul. Que fait-il au Mémoire?

GILOTIN, *continuant de lire.*

3°. Par l'excès du luxe qu'il y a à employer
pour des bas & pour des habits un poil auſſi
précieux que celui du caſtor...

Maître GAUTIER.

C'eſt aſſez, Gilotin. Le Syndic a raiſon.
Qu'en dis-tu? Réponds bas.

GILOTIN, *bas.*

Mais je ne dis pas non.
Un Juge cependant, en toute controverſe,
Sans ſavoir les griefs de la Partie adverſe,
Ne doit point prononcer.

Maître GAUTIER.

Eh bien! Ecoutons-la.

( *Au Marchand.* )
Avez-vous un Mémoire? un Placet?

LE MARCHAND.

Le voilà.

Maître GAUTIER.

Lis encor, Gilotin.

LE MARCHAND.

Si Monseigneur l'ordonne,
Moi-même je lirai : son Secrétaire anone.

Maître GAUTIER, *au Marchand.*

Lisez donc : j'y consens.

LE MARCHAND, *lisant d'un ton ampoulé.*

Autant que votre intelligence l'emporte sur les
autres, autant ma joie l'a aussi emporté sur les
autres, lorsque j'ai appris que vous étiez élu Gouverneur; mais ce qui m'amène devant vous,
Monseigneur, c'est le chagrin que me causent les
Chapeliers, en s'opposant à ce que je vende des
étoffes & des bas de castor. Ils veulent avoir seuls
le commerce du castor, & qu'on n'en employe
point à d'autres usages qu'aux chapeaux : mais rien
de plus sot & de plus ridicule que de porter un
chapeau de castor; car on le met sous le bras où
il n'est d'aucune utilité, où il ne peut garantir la
tête d'aucun accident, & où un chapeau de paille
feroit le même effet; au-lieu que des bas & des
habits de castor réchauffent à la fois les jambes

& les épaules ; & fi Monfeigneur l'avoit expéri-
menté, il avoueroit lui-même. . . . . . . . . .

. . . . . . . . . . . . . . . .

Maître GAUTIER, *au Syndic & au Marchand.*

Arrêtez, & daignez
L'un & l'autre, un inftant vous tenir éloignés.
( *Ils vont au fond du Théâtre.* )
Gilotin !

GILOTIN.

Monfeigneur !

Maître GAUTIER, *l'approchant de fon fauteuil.*

Ton avis ?

GILOTIN.

Et le vôtre ?

Maître GAUTIER, *à demi-voix.*

Ils ont raifon tous deux. Je crois que l'un & l'autre....

GILOTIN, *auffi à demi-voix.*

Il faut bien cependant que l'un des deux ait tort.

Maître GAUTIER.

Lequel eft-ce ?

GILOTIN.

## G I L O T I N.

Ma foi ! je l'ignore.

Maître GAUTIER, *le pouffant rudement.*

Butor !
Ne pouvoir décider une affaire à ton âge !
Je t'ai pris pour m'aider.

## G I L O T I N.

Oui , dans le charronnage ;
Mais pour le refte...

Maître GAUTIER.

A tout il faut fe rendre bon.

## G I L O T I N.

Eh bien ! pour prononcer en cette occafion ,
Je fonge tout-à-coup à des moyens propices.
( *Allant au fond du Théâtre* ).
Vous avez oublié de payer les épices ,
Syndic des Chapeliers ;
( *au Marchand* ).
Et vous, Monfieur, auffi.

LE SYNDIC, *lui donnant de l'argent.*

Je conviens de mon tort : agréez donc ceci.

G

LE MARCHAND, *à qui il tend la main.*

N'attendez rien de moi.

### GILOTIN.

Pourquoi ?

### LE MARCHAND.

C'est un scandale

Que d'oser rendre ainsi la justice vénale.

GILOTIN, *revenant près de Gautier.*

Le Syndic a donné ; le Syndic a raison.

( *On entend heurter fortement à la porte.* )

Maître GAUTIER, *qui n'a pas entendu Gilotin.*

On veut assurément renverser ma maison.

Entends-tu, Gilotin ? Va voir ce qu'on demande,

Mais n'ouvre point la porte, & dis que l'on attende.

Je ne saurois juger dix causes à la fois.

GILOTIN *va à la porte, & y reste quelques*
*minutes.*

Maître GAUTIER, *continuant.*

J'ai beau sur celle-ci rêver, mordre mes doigts ;

Tout mon esprit s'y perd : je ne vois qu'un nuage

Où de la vérité je cherche en vain l'image.

(*A Gilotin qui revient*).
Eh bien! quel Envoyé portoit ici ſes pas?

### GILOTIN.

La Province demain aſſemble ſes Etats;
Et vous êtes chargé du Diſcours d'ouverture.
Voilà ce qu'on m'a dit à travers la ſerrure.

### Maître GAUTIER, *ſe levant.*

La peſte! cet emploi m'honore infiniment.
Pour remplir les devoirs de mon Gouvernement,
Au Diſcours d'Ouverture il faut que je travaille,
Et dans mon cabinet qu'à l'inſtant je m'en aille.
Toi, Gilotin, demeure avec ces deux Marchands;
Demande-leur encor des éclairciſſemens:
Je n'ai pas le loiſir d'examiner leur cauſe.

---

# SCENE XIV.

### LE SYNDIC, LE MARCHAND, GILOTIN.

### GILOTIN, *à part, & ſe promenant.*

ALLONS, puiſque ſur moi Monſeigneur ſe repoſe
Du ſoin de l'examen, j'en vais tirer parti.
( *Haut* ).
Syndic des Chapeliers, Monſeigneur eſt parti:

C'est à moi maintenant que vous avez à faire.
Or donc répondez moi ; c'est le point nécessaire,
N'employez-vous jamais que le poil de castor,
Pour faire vos chapeaux?

### LE SYNDIC.

N'en doutez point.

### GILOTIN.

D'abord ;
Afin de m'en convaincre, il faut que j'examine
Celui que vous portez.

**LE SYNDIC,** *lui donnant le chapeau qu'il a sous le bras.*

Volontiers.

**GILOTIN,** *malignement, & avec gaîté, en retournant le chapeau dans ses mains.*

J'imagine
Que celui-ci, Monsieur, est de poil de lapin.

### LE SYNDIC.

Ah! pouvez vous le croire? Il est si doux! si fin!
C'est du castor tout pur: quand votre main le touche,
Ne le sentez-vous pas?

GILOTIN, *mettant le chapeau sur sa tête.*

    Vous me fermez la bouche ;
C'est vraiment du castor.

      ( *Au Marchand* ).

    Je ne présume pas
Qu'il faille qu'en ces lieux vous reportiez vos pas.

LE MARCHAND.

Pourquoi donc ? Contre lui ne puis je me défendre ?

GILOTIN.

Il gagnera : tantôt je vous l'ai fait entendre,
Et vous perdrez le droit d'employer le castor.

LE MARCHAND.

Je plaiderai.

GILOTIN.

    Plaidez ; mais vous aurez grand tort.

LE SYNDIC, *à Gilotin.*

A Monseigneur ainsi présentant ma requête,
Vous allez lui prouver....

GILOTIN, *enfonçant le chapeau fur fon front.*

J'ai votre affaire en tête.
Ainfi ne craignez rien ; mais fortez tous les deux :
On a toujours raifon, quand on eft généreux.

*Fin du quatrième Acte.*

# ACTE V.

## SCENE PREMIERE.

GILOTIN, Maître GAUTIER, *un papier à la main.*

### Maître GAUTIER.

GILOTIN, j'ai déjà commencé ma harangue.
Fais-la-moi répéter.

### GILOTIN.

       Oui, mais dans quelle langue
L'avez-vous composée? Est-elle en Allemand?
En Anglais? en Latin?

### Maître GAUTIER.

       Animal! & comment
Veux-tu que je compose en latin? Je l'ignore.
Je ne sais que ma Langue, & pas trop bien encore.

### GILOTIN.

Excusez, Monseigneur: je vous ai cru savant
Comme un livre, & d'ailleurs vous m'avez dit souvent...

#### Maître GAUTIER.

Je t'ai dit que j'étois savant en Politique,
Et voilà tout. Allons, plus de sotte réplique :
Ecoute mon discours bien attentivement.

*( D'un ton déclamateur )*.

« Illustres Citoyens, qu'en cet heureux moment
» L'intérêt de l'Etat dans ce Palais rassemble....

*( On frappe )*.

Qui diable frappe encor? Que me veut-on? Je tremble
De ne pouvoir finir mon Discours. C'est demain
Qu'il faut le réciter. Ici près, Gilotin,
Je vais continuer. Dis-leur que l'audience
Est un peu retardée, ou que l'horloge avance,
Et qu'on s'est trompé d'heure.

#### GILOTIN.

Oui, Monseigneur.

---

## SCENE II.

### GILOTIN, UN BOURGEOIS.

#### LE BOURGEOIS, *tenant la main à la poche.*

JE vien

Parler à Monseigneur.

GILOTIN, *à part.*

Comme il débute bien !
Cette main qu'en entrant dans sa poche il a mise,
M'annonce qu'on ne peut l'accuser de bêtise.

LE BOURGEOIS, *ayant toujours la main au gousset.*

Sans doute il est visible ?

GILOTIN, *tendant la main.*

Assurément ·

LE BOURGEOIS, *tirant sa montre.*

Je doi
Dans une heure au plus tard m'en retourner chez moi,
Et voici maintenant celle de l'audience.
Vais-je donc promptement jouir de sa présence ?

GILOTIN, *avec humeur.*

Monseigneur est absent.

LE BOURGEOIS.

Ne m'avez-vous pas dit
Que je pourrois le voir ?

GILOTIN.

Il est encore au lit.

LE BOURGEOIS.

Un Gouverneur au lit à quatre heures sonnées !

GILOTIN.

Monseigneur est malade ; & déjà trois saignées
Et quatre lavemens qu'il a pris de ma main,
Doivent l'y tenir au moins jusqu'à demain :
Votre montre d'ailleurs avec la grande Horloge
N'est point d'accord.

( Le poussant ).
Ainsi de chez nous qu'on déloge.

---

## SCENE III.

Maître GAUTIER, GILOTIN.

Maître GAUTIER.

GILOTIN, quel étoit cet homme ?

GILOTIN.

Un animal
Qui vient de se conduire on ne sauroit plus mal,
Qui ne sait pas comment on traite avec un Suisse ;
Et j'ai cru, Monseigneur, vous rendre un bon office
En le congédiant.

Maître G A U T I E R.

Je n'en suis pas fâché.
Ma harangue m'occupe , & j'y suis attaché.
Je voudrois aujourd'hui ne recevoir perſonne.
As-tu fermé la porte ?

G I L O T I N.

Hélas ! non.

Maître G A U T I E R.

Je ſoupçonne
Que ces deux hommes noirs viennent pour me parler.
Ils m'ont vu par malheur : je ne puis reculer.

---

## SCENE IV.

GILOTIN , Maître GAUTIER, deux AVOCATS.

Premier A V O C A T.

A Monſeigneur Gautier, homme illuſtre, homme ſage,
Homme très-érudit , puis-je, ſelon l'uſage ?...

G I L O T I N, *gravement.*

Avocat qui parlez comme feu Cicéron,
Ne dites plus Gautier, mais Gauthierri.

Premier AVOCAT.

Pardon !
Monſeigneur Gauthierri voudra-t il me permettre
De le féliciter, & ſur tout de ſoumettre
A ſon intégrité l'examen d'un débat
Qui vient de s'élever entre nous ?

Maître GAUTIER.

Avocat,
Je ſuis un peu preſſé. Soyez bref en paroles,
Et ne m'accablez point de vaines hyperboles.
Au fait ſans préambule.

Second AVOCAT.

Ah ! daignez, Monſeigneur ,
Permettre qu'à mon tour je me donne l'honneur
De vous complimenter !

Maître GAUTIER.

Encor du verbiage ?
Avocat, vous & moi nous ſommes en voyage,
Et ſi le moindre objet vient arrêter nos pas,
Au gîte vous & moi nous n'arriverons pas.

Premier AVOCAT.

Monſeigneur, un procès de grande conſéquence
Nous amène tous deux près de votre Excellence.

## Maître GAUTIER.

Un procès, dites-vous? Vous savez, Avocat,
Que je suis Gouverneur & non pas Magistrat.
Pour le contentieux, aux Juges de la ville
Il se faut adresser.

## Second AVOCAT.

           La cause est difficile :
Elle peut entraîner des frais exorbitans :
Messieurs les Procureurs pourroient en peu de temps,
Si nous les consultions, ruiner nos Parties
En frais de toute espéce; & craignant ces harpies,
Nous avons cru devoir ne consulter que vous.

## Maître GAUTIER.

Cette raison est bonne. Allons, asseyons-nous :
Des siéges, Gilotin.
( *Gilotin apporte des siéges : ils s'asseyent , & il reste*
*de bout* ).
           Expliquez votre affaire.

## Premier AVOCAT.

Nos clients, Monseigneur, ont chacun une terre
Voisine d'un ruisseau qui les sépare en deux.
Ce ruisseau, dont le cours est par fois orageux,
Grossi dernièrement par une longue averse,
A porté dans le champ de ma Partie adverse

Un grand morceau de terre ; & celle-ci prétend,
Contre toutes les Loix, que, depuis cet inltant,
Ce lopin détaché du champ de ma Partie
De fon champ augmenté fait à bon droit partie.
Cette prétention ne bleffe-t-elle pas
L'équité naturelle, &, dans un pareil cas,
Ne faut-il pas citer le fameux axiome
D'un Légifle exercé que par-tout on renomme :
    *Nemo alterius damno debet locupletari.*
Que dit, à ce propos, Monfeigneur Gauthierri ?

### Maître GAUTIER.

Je dis que l'on n'eft point juftement enrichi
Lorfque c'eft aux dépens du Prochain.

### Second AVOCAT, *vivement.*

                Moi, je cite
Un axiome aufli d'un Auteur de mérite,
Du grand Juftinien, le plus favant de tous,
Et qui fera toujours un oracle pour nous.
Juftinien a dit dans le fameux Chapitre,
Qui des alluvions porte à bon droit le titre :
    *Quod per alluvionem agro flumen adjecit, jure*
*gentium tibi acquiritur.*

### Maître GAUTIER.

Un tel paflage eft fort. Pour le bien du procès,
Avocat, pourriez-vous le traduire en françois ?

#### Second AVOCAT.

Monseigneur est versé dans la Langue latine?

#### Maître GAUTIER.

J'entends on ne peut mieux le latin de cuisine :
Et ce Justinien parle si savamment !
Oh ! si c'étoit du grec ! J'y suis certainement
Plus habile que vous, plus que tout un Collége.

#### Premier AVOCAT.

Monseigneur parle grec? c'est un beau privilége.

#### Maître GAUTIER.

Gilotin vous dira que c'est mon grand plaisir,
Lorsque je suis tout seul.

#### GILOTIN.

Je n'en puis rien saisir ;
Mais c'est vraiment du grec aussi grec qu'il le puisse.
( *A part.* )
Monseigneur parle grec comme je parle suisse.

#### Maître GAUTIER.

Mettez donc en françois le passage latin,
Si vous voulez avoir un Jugement certain.

#### Second AVOCAT.

Voilà ce qu'il veut dire : Alors que la rivière
Porte dans votre champ un grand morceau de terre,

Ce morceau devient vôtre, incontestablement.
Justinien l'a dit très-positivement.

Premier A V O C A T, *rapidement.*

Justinien, plus bas, ajoute cette phrase : .....

Maître GAUTIER, *l'interrompant, & se levant.*

Devant Justinien vous êtes en extase ;
Vous vantez son esprit & son profond savoir :
Il vous mettra d'accord, si vous allez le voir.
Allez-y donc, Messieurs ; je craindrois de mal faire ;
Sur-tout de l'offenser, en jugeant votre affaire.
Monsieur Justinien est sans doute Avocat ;
Sans doute en cette Ville il remplit son état :
Ne perdez pas de temps pour lui rendre visite.

Premier A V O C A T.

L'avis est excellent.
            ( *Bas à son Confrère.* )
        Ami, sauvons-nous vite.
Monseigneur Gauthierri connoît le prix du temps ;
Nous en savons assez pour rire à ses dépens.

( *Ils font chacun une révérence, & se retirent en
riant à la dérobée, & regardant Gilotin d'un air
moqueur. Gilotin les conduit. Il tombe en revenant,
& est poursuivi par une vieille femme, qui paroît
être un homme déguisé.* )

**SCENE**

## SCENE V.

GILOTIN, Maître GAUTIER, LA VIEILLE
FEMME.

### LA VIEILLE FEMME.

AH! je le trouve enfin, ce Gouverneur infâme;
Qui prétend que l'on doit avoir plus d'une femme;
Et qui, par mon mari, sans le moindre examen,
M'a fait indignement chasser du lit d'hymen,
Moi qui suis jeune & belle, & qui pourrois, j'espère,
De neuf ou dix enfans encor le rendre père;
Je le tiens ce maraut, ce traître, ce coquin.
                    ( *Menaçant de le battre.* )
Allons, qu'il se rétracte, ou meure de ma main.

### Maître GAUTIER.

Madame, êtes-vous folle?... Arrêtez, je vous prie;
Oui, morbleu! je soutiens que la Polygamie.....

### LA VIEILLE FEMME.

Tu persistes! attends. ( *Le battant.* )
                                        H

Maître GAUTIER.

Gilotin, au secours.
Pierre, Jacques, Martin, on en veut à mes jours.
Chassez cette Furie.

( *Gilotin se cache de peur. Trois Garçons accourent,*
*prennent la Vieille par les épaules, la mettent dehors,*
*& Gilotin ne voyant plus de danger se montre, &*
*aide ses camarades, qui se retirent.* )

---

# SCENE VI.

## GILOTIN, Maître GAUTIER.

### Maître GAUTIER.

Est-ce donc de la sorte
Que tu devrois, maraut, veiller à cette porte ?
Si tu laisses encore entrer des Avocats
Qui viennent en latin me conter leurs débats,
Ou quelque ville femme, aussi-tôt je te chasse.
( *Il s'assied près de la table & écrit.* )
Je prends un autre Suisse, & lui donne ta place.

### GILOTIN.

Pardonnez, Monseigneur ! Cette horrible guenon,
Plus robuste que moi, n'entendoit pas raison ;

Et mon dos de ses coups porte encore la marque.
Quand l'orage est si fort, peut-on mener la barque ?
Une autre fois....

Maître GAUTIER, *rêvant à sa harangue.*

Tais-toi ; laisse-moi réfléchir.

GILOTIN.

En bon Suisse, dedans je les ferai sortir
Au-lieu d'entrer dehors.

Maître GAUTIER.

Quelle maudite langue !
Tu sais que j'ai tantôt commencé ma harangue ;
Pourrai-je l'achever, si tu jases toujours ?
*( Ecrivant quelques lignes en se frottant le front. )*
Je cherche vainement le fil de mon discours.
Gilotin !

GILOTIN.

Monseigneur !

Maître GAUTIER.

Quelle est donc cette rage,
De m'étourdir encore, & pourquoi ce tapage ?

GILOTIN.

Je n'ai pas dit un mot.

H 2

Maître GAUTIER, *écrivant & rêvant.*

J'entends du bruit, pourtant.

GILOTIN.

C'est donc quelque souris sous les siéges trottant ?

Maître GAUTIER, *se levant, jetant sa perruque de colère, la foulant aux pieds, venant se rasseoir, & effaçant ce qu'il a écrit.*

Gilotin!

GILOTIN.

Monseigneur!

Maître GAUTIER.

Tais toi donc , grosse bête !
Tu trouves du plaisir à me rompre la tête :
Je n'en saurois douter : clairement je le vois.
Si ta langue s'obstine à mépriser mes loix,
Je me lève , & sois sûr que réprimant tes frasques,
J'irai...

GILOTIN.

De mon habit je regardois les basques ,
Et je riois de voir ces antiques galons
Descendre en serpentant jusques à mes talons :
Mais je n'ai pas soufflé , de nouveau je le jure.

Maître GAUTIER, *frappant son front, écrivant quelques lignes, & criant.*

Gilotin !

### GILOTIN.

Monseigneur !

### Maître GAUTIER.

Je suis à la torture,
Et le diable, je crois, m'empêche de trouver
La fin de mon discours; je ne puis l'achever.
Va dire de ma part à ces marchandes d'huîtres
De ne pas tant crier. Vois-tu comme les vitres
Tremblent aux sons aigus qu'elles poussent dans l'air?

GILOTIN, *à haute voix, & s'approchant de la porte.*

Pourquoi faire à la porte un tapage d'enfer?
Pour vendre du poisson ouvrez-donc moins la bouche,
Mesdames, & songez que Monseigneur accouche.

### Maître GAUTIER.

Gilotin !

### GILOTIN.

Monseigneur !

### Maître GAUTIER.

Pourquoi donc t'agiter?
En place, un seul moment, ne pourrois-tu rester?

H 3

GILOTIN.

Vous m'avez ordonné. . .

Maître GAUTIER, *se croyant inspiré.*

Tais-toi : sois immobile.
Il me vient une idée admirable, & mon style. . .
Non, elle ne vient pas.

( *Il écrit & efface.*)
Gilotin !

GILOTIN.

Monseigneur !

Maître GAUTIER.

Que j'en veux à ces gens qui m'ont fait Gouverneur !
Accablé de soucis, de peines incroyables,
Que ne puis-je envoyer ma charge à tous les diables!
La veux-tu ?

GILOTIN.

Non vraiment : j'en vois tout le danger.
A peine a-t-on le temps de boire & de manger ;
Et je crois que je suis déjà las d'être Suisse.

Maître GAUTIER, *se levant encore, heurtant sa perruque, s'embarrassant les pieds dedans, & tombant.*

Gilotin ! ( 1 )

### G I L O T I N.

Monseigneur !

### Maître G A U T I E R.

Ah ! quel coup à ma cuisse !
Je crois qu'elle est démise ou fracassée. Accours ;
Aide-moi, je te prie, & viens à mon secours.

### G I L O T I N, *sans bouger.*

Je m'en garderois bien: vous m'avez fait défense
De remuer.

### Maître G A U T I E R, *à terre.*

Maraut! je change l'ordonnance.
On frappe; va-donc voir. Que je suis malheureux !
(*Il se relève avec peine, & va, en boitant, se cacher sous la table.*)
Voici le seul moyen d'échapper à leurs yeux.

_____

(1) C'est à l'Acteur qui jouera le rôle de Gautier à mettre de la variété dans ces diverses interrogations, à peindre tour-à-tour le dépit, la crainte, le désespoir, & tous les sentimens qui agitent le malheureux Gouverneur.

## SCENE VII.

GILOTIN, Maître GAUTIER, *sous la table.*

Maître GAUTIER, *d'une voix tremblante.*

Qu'étoit-ce, Gilotin?

### GILOTIN.

Le Major de la Ville
Demande à vous parler.

### Maître GAUTIER.

La chose est difficile.
Dis-lui qu'en ce moment je suis trop occupé.

### GILOTIN.

Il est pressé, dit-il.

### Maître GAUTIER.

Qu'il vienne après soupé :
Persuade-lui bien qu'une harangue à faire
Pour les Etats, n'est point une petite affaire,
Que j'ai tout le Conseil & lui-même à louer,
Et que je ne sais plus à quel Saint me vouer.

## SCENE VIII.

Maître GAUTIER, *seul, sortant de dessous*
*la table.*

QUE de soucis rongeurs, que de peines cruelles ;
Les grandeurs d'ici bas entraînent avec elles !
Et que l'homme est sensé, qui borne ses desirs !
On croit en s'élevant goûter tous les plaisirs :
Aux contrariétés on est bientôt en proie ;
On n'a plus de repos, de sommeil ni de joie.
Ah ! que ne suis-je encore un honnête Charron !
A peine je savois gouverner ma maison,
Et je viens d'accepter une charge funeste
Qui de mes tristes jours empoisonne le reste.

## SCENE IX.

GILOTIN, Maître GAUTIER.

GILOTIN, *pleurant.*

AH! Monseigneur, à l'aide! au secours! je suis mort.

Maître GAUTIER.

Qu'est ce ? & quel accident te fait crier si fort ?

GILOTIN.

Le Major de la Ville...

Maître GAUTIER.

Eh bien !

GILOTIN.

       Avec main forte
Depuis un gros quart-d'heure attend à votre porte.
Vous n'avez pas voulu le recevoir.

Maître GAUTIER.

         Comment
Le pourrois-je, dis-moi? Tu fais qu'en ce moment...

GILOTIN.

Eh bien! par fes foldats, à grand coup de bourade,
Il m'a fait retirer : je n'en fuis que malade ;
Mais j'en mourrai bientôt ; rien n'eft plus affuré.

Maître GAUTIER.

Pourquoi donc ce Major?....

GILOTIN.

       C'eft un dénaturé.
Entendez-vous le bruit que l'on fait dans la rue ?
Il va venir fuivi de toute fa cohue.

Maître GAUTIER, *courant de nouveau sous la table.*

Eh ! grand Dieu! pour calmer leur courroux insultant,
Pour les amadouer, va prier un instant
Ma femme de descendre, & sans doute pour elle
Ils auront le respect....

### GILOTIN.

Oui : l'idée est nouvelle !
Des soldats respecter une femme! jai peur
Qu'ils ne veuillent...

### Maître GAUTIER.

Eh ! non: quelle sotte frayeur !
C'est une vieille femme.

### GILOTIN.

Elle est assez jolie
Pour des Soldats.

### Maître GAUTIER.

Eh! non: va, dis-je.

### GILOTIN.

Autre folie!
Mon pauvre Maître veut... Hélas! il n'est plus temps:
On entre.

### Maître GAUTIER.

O Ciel! je touche à mes derniers instans,

## SCENE X.

GILOTIN, M. MACLOT, M. SANDER, Maître
GAUTIER, *fous la table.*

### M. MACLOT.

Ou donc eft Monfeigneur?

### GILOTIN.

Le voilà fous la table.

### M. MACLOT.

Nous venons lui donner un avis charitable.
 (*Cherchant, & l'appercevant fous la table.*)
Mais il n'eft que trop vrai... Monfieur le Gouverneur,
Voilà donc maintenant votre pofte d'honneur !

Maître GAUTIER, *fortant de deffous la table.*

Ah ! ne me donnez plus un titre que j'abhorre,
Et qui fait mon malheur bien plus qu'il ne m'honore.
Je ne l'ai point cherché; pourquoi donc me l'offrir?
Pourquoi de mon état m'avez-vous fait fortir?

### M. MACLOT.

Et pourquoi refufer de donner audience
Au Major de la Ville? Il veut tirer vengeance

De l'affront qu'à l'inftant il a reçu de vous ;
Et, fi nous n'avions pas arrêté fon courroux,
Des foldats qu'il commande une troupe en tumulte
Dans votre fang, peut-être, eût lavé fon infulte.
Vous avez offenfé toute la garnifon,
Et de votre conduite il faut rendre raifon.
Le Confeil vous attend.

### Maître GAUTIER.

    Eh bien ! il peut attendre.
Penfez vous que de lui je veuille encore dépendre ?
Qu'il cherche les moyens de me dépoffeder !
Tant mieux ! je ne veux pas à fon ordre céder ;
Je refterai chez moi. Vivre dans fon ménage
Me paroît à préfent le parti le plus fage.

### M. SANDER.

Le Confeil ne veut point vous ôter votre emploi :
Mais il craint le Major. Son defir eft, je croi,
Que vous alliez, ce foir, lui faire des excufes.

### Maître GAUTIER.

Je vous entends, Meffieurs, & j'apperçois vos rufes :
Mais, pour me rendre dupe, il faut être plus fin.
Prenez pour Gouverneur quelque jeune Aigrefin
Qui, fier de ce haut rang & toutefois docile,
Avec vous, fans fe plaindre, aille à l'Hôtel-de-Ville:
Je fuis Maître Charron, content de mon état ;
Charron je veux mourir, & fuir tout vain éclat.

### M. MACLOT.

Et vous ofez penfer, Gouverneur infidèle,
Qu'aux ordres du Confeil on peut être rebelle,
Et que nous souffrirons.....

### M. SANDER.

Tremblez! nous allons voir
Qui de vous ou de nous aura plus de pouvoir.
(*Ils fortent en faifant des fignes menaçans & en riant fous cape*).

---

## SCENE XI.

### GILOTIN, Maître GAUTIER.

Maître GAUTIER, *d'un ton lamentable.*

GILOTIN !

GILOTIN, *du même ton.*

Monfeigneur !

Maître GAUTIER.

Qu'eft-ce qu'ils veulent dire
En me parlant ainfi ?

GILOTIN.

Que le diable confpire

Contre votre Excellence, & qu'il faudra bientôt

(*Il montre son cou*).

Peut-être vous & moi faire un périlleux saut.

(*Gautier pousse des sanglots d'une manière grotesque*).

Vous pleurez, Monseigneur !

### Maître GAUTIER.

Oui, Gilotin, je pleure,
Et bientôt de regret il faudra que je meure.
Pourquoi de tes conseils aussi ne pas m'aider ?
De toute part tu vois que l'on vient m'obséder,
Et tu demeures-là planté comme une souche !

### GILOTIN.

Ignorez-vous combien votre intérêt me touche ?
J'ai presque terminé l'affaire du Syndic.

### Maître GAUTIER.

Quoi ! si vite ? & comment ?

### GILOTIN.

Vous connoiſſez mon tic.
Un chapeau de castor arrondi sur sa tête
M'a tant soit peu tenté : j'en ai fait ma conquête,

(*Lui montrant le chapeau*).

Et le voilà.

Maître GAUTIER.

Maraut ! tu reçois des présens !
Tu te laisses corrompre, & tu crois que céans
Sans être châtié tu vendras la justice ?

*Il prend une chaise & veut l'en frapper. Gilotin s'enfuit.*

Sors , & loin de chez moi va chercher du service.

---

# SCENE XII.

## Maître GAUTIER, *seul.*

L'AFFAIRE du Syndic que je n'ai pu juger,
Les Avocats venus pour me faire enrager,
La femme dont le bras, aussi prompt que la langue,
M'a donné tant de coups; le Major, ma harangue,
Que d'objets à la fois qui m'occupent l'esprit !
Sous un fardeau si lourd il succombe, il fléchit :
Il n'y peut résister, ne sait auquel entendre.
Un seul parti me reste, & c'est de m'aller pendre.
C'en est fait ! une corde est tout près de ce lieu.
Adieu, riches habits ; pouvoir suprême, adieu.

( *Pleurant à chaudes larmes* ).

Ah ! l'on m'avoit bien dit que ma vaine science
Très-haut m'éleveroit... J'en fais l'expérience :
Et vous Auteurs maudits qui m'avez rendu fou,
Que ne puis-je avec moi vous pendre au même clou !

( *Il jette & disperse les livres qui sont sur la table* ).

SCENE

## SCENE XIII.

Maître GAUTIER, LOUIS GÉRARD.

GÉRARD.

D'ou vient cette colère, & pourquoi de la forte...

Maître GAUTIER.

Qu'au fin fond des enfers le diable les emporte ;
Et périffe le jour où je les ai connus !
Leurs vains raifonnemens, leurs rêves bifcornus
Caufent feuls ma ruine ; & ma peine eft fi grande,
Que, fans plus difcourir, il faut que je me pende.

GÉRARD.

Quoi, Monfieur! vous pourriez ?...

Maître GAUTIER.

Voulez-vous avec moi
Mourir de compagnie & que tous deux...

GÉRARD.

Ma foi
Je n'ai pas cette envie, & je n'approuve guère
Un femblable parti. Quel excès de mifère

I

A fait naître chez vous un si prompt désespoir ?
J'en ignore la cause, & je voudrois savoir....

### Maître G A U T I E R.

Quoi ! vous ne savez pas que j'ai, toute ma vie,
Fait de la politique une étude suivie,
Et que, depuis tantôt, devenu Gouverneur...
Vous riez ?... Enchanté de ce frivole honneur,
J'ai d'abord revêtu cet habit magnifique,
Et n'ai songé depuis qu'à la chose publique ;
Mais qu'il est mal-aisé, l'art du Gouvernement !
On entend chaque jour, on voit à tout moment
Des faquins sans esprit, qui plus vains que des cuistres,
Du haut de leur grenier insultent les Ministres,
Régentent le Royaume, & dont les sots pamphlets
Sont dignes tout au plus qu'on les paye en soufflets.
Que le Roi les élève & protège leurs vues,
Ces grands Législateurs ne font que des bévues.
Je viens de l'éprouver à mes dépens : je voi,
Depuis que le Conseil s'est reposé sur moi
Du soin de maîtriser un Public indocile,
Qu'il n'est point de métier qui soit plus difficile,
Et pour me délivrer d'un si pesant fardeau,
Il faut que je me pende ou me jette dans l'eau.
Quoi ! vous riez encor ? Ma surprise est extrême.
Est-ce ainsi que mes maux....?

### G É R A R D.

Vous en rirez vous-même,

Lorſque vous connoîtrez comme moi les reſſorts
Que l'on a mis en jeu pour vous tromper. Je ſors
De chez un Conſeiller pour qui , dans la ſemaine ,
J'avois fait un habit , & j'arrivois à peine,
Qu'à l'un de ſes amis il raconte comment
Le bon Maître Gautier avoit cru bonnement
Qu'il venoit d'être élu Gouverneur de la Ville.
Je ne vous dirai point de quel air , de quel ſtyle
S'exprimoient ces Meſſieurs ; mais il étoit aiſé
De voir qu'à vos dépens on s'eſt fort amuſé ,
Et je ſuis accouru pour vous conter l'hiſtoire....

Maître G A U T I E R.

Quoi ! (1) c'étoit une feinte ?

G É R A R D.

Oui : vous pouvez m'en croire.

Maître G A U T I E R.

C'eſt pour rire de moi qu'on m'a fait Gouverneur?
Et je ne le ſuis point en effet? Quel bonheur !

------

(1) Maître Gautier, dans cette ſcène , doit paſſer par degrés
d'une extrême douleur à une joie extrême. C'eſt à l'Acteur in-
telligent à ſentir & à développer les nuances qui ne peuvent être
rendues ſur le papier.

### GÉRARD.

Vous ne l'avez été qu'en peinture, vous dis-je ?

### Maître GAUTIER.

J'ai peine à concevoir un si rare prodige.
Quoi ! les deux Avocats....

### GÉRARD.

         Ont voulu plaisanter.

### Maître GAUTIER.

Et ce Major si fier ?

### GÉRARD.

         Vous impatienter.

### Maître GAUTIER.

La plainte du Syndic ?

### GÉRARD.

         N'étoit qu'une imposture.

### Maître GAUTIER.

Je ne ferai donc point de Discours d'ouverture ?

#### GÉRARD.

Non : vous en voilà quitte.

Maître GAUTIER, *fautant de joie en l'embraffant.*

Ah! mon ami Gérard!
Vous me rendez la vie : il faut en faire part
A ma femme, à ma fille , & que je vous embraffe,
Avant de leur conter mon heureufe difgrace.
( *Appelant à haute voix* ).
Papeline! Ma fille ! accourez.

---

# SCENE XIV.

**HONORINE , Maître GAUTIER , PAPELINE,
LOUIS GÉRARD.**

#### Maître GAUTIER.

J'EUS l'honneur
D'être tantôt par vous appelé Monfeigneur :
Je fuis redevenu Maître Gautier.

#### PAPELINE.

Qu'entends-je?
O furprenant revers !

Maître GAUTIER.

> Il vous paroît étrange ;
Mais il n'est pas moins vrai. Gérard m'a dit comment
Je viens d'être privé de mon Gouvernement.
On a feint de me croire un génie admirable,
Et mon autorité n'étoit rien qu'une fable.

PAPELINE, *à part.*

Que j'en ai de chagrin !

HONORINE, *à part.*

> Que j'en ai de plaisir !

PAPELINE.

Mais comment se peut-il que trompant mon désir ?

Maître GAUTIER.

Je t'expliquerai tout. Gérard aime ma fille,
Et je sais qu'il desire entrer dans ma famille.
Il est temps de l'unir avec elle. Je veux
Plus sage maintenant couronner tous ses vœux.
Tu n'iras point, je crois, blâmer ce mariage ?

PAPELINE.

Moi ? Je le souhaitois on ne peut davantage :
Ils ne l'ignorent pas.

Maître G A U T I E R.

Je rends grace au Deſtin.
Le Notaire ce ſoir.... Mais que veut Gilotin?
Eſt-ce qu'à mes regards il oſe encor paroître?

---

## SCENE XV & dernière.

GILOTIN, HONORINE, Maître GAUTIER,
PAPELINE, LOUIS GÉRARD.

G I L O T I N.

PARDONNEZ, Monſeigneur!

Maître G A U T I E R.

Il faut m'appeler Maître.
Mais que demandes-tu? ne t'ai-je point chaſſé?

G I L O T I N.

Par le diable, &, je crois, par cet habit pouſſé,
J'ai reçu des préſens; mais je viens de les rendre,
Et ſi, dans ce moment, vous vouliez me reprendre....

## Maître GAUTIER.

J'y confens ; mais au lieu d'efcroquer des chapeaux,
Sers-moi fidèlement. Rentré dans le repos,
Ma maison, dès ce jour, devient ma République ;
Un bon Charron vaut mieux qu'un mauvais Politique.

FIN

www.ingramcontent.com/pod-product-compliance
Lightning Source LLC
Chambersburg PA
CBHW051137260626
47170CB00005B/1850